Le dernier amant

Du même auteur

Les Contes défaits, Plume d'argent du livre de Saint-Cyr, Belfond, 2016.

La Race des orphelins, prix d'honneur Filigranes, prix littéraire du 2e roman, prix Louis-Thuillier, Belfond, 2020 ; Pocket, 2021.

Le Salon, prix du Salon du Livre de Chaumont, Plon, 2022.

Oscar Lalo

Le dernier amant

monologue avec une terre battue

RÉCAMIER

92, avenue de France
75013 Paris
Tél. : 01 44 16 09 00
Fax : 01 44 16 09 01
www.editions-recamier.fr
www.lisez.com

Mise en pages : Graphic Hainaut
Dépôt légal : août 2023
ISBN : 978-2-385-77001-3

à tes enfants

«Es-tu roi, toi le seul ou le dernier amant ?... »

Gérard de Nerval, *Artémis*

«Il ne suffit pas de changer le monde.
Nous le changeons de toute façon.
Il change même considérablement
sans notre intervention. Nous devons
aussi interpréter ce changement pour
pouvoir le changer à son tour. Afin que le
monde ne continue pas ainsi à changer
sans nous. Et que nous ne
nous retrouvions pas à la fin dans
un monde sans hommes.»

Günther Anders,
L'Obsolescence de l'homme (Tome II)

Au commencement, Dieu créa les cieux et la terre. C'est-à-dire, toi. Tu es tout ça. Matière et lumière. Bien que Dieu t'ait façonnée pour le désir, tu es de plus en plus inerte sous mon corps en rut. Je n'en finis pas de baiser ta dépouille. Plus je te consomme, plus tu te consumes. Tu as beau être cendres, je continue à déverser de l'huile sur tes braises. Ce liquide est le tien, arraché à ton sein; fossile. J'en tire une gloire personnelle : ma virilité, je l'extrais de tes entrailles. Tu es la baleine blanche et je crèverai de t'avoir harponnée. Je ne t'échapperai pas : il va me falloir apprendre à conduire dans la boue, danser tout l'été sous la grêle, me promener dans le feu des forêts, nager dans les lacs débordés. Éviter les arbres volant aux vents violents.

Je joue à l'apprenti-docteur, mais tu commences à ruer sous mes yeux ma main mes pieds. Tu éruptes. Ce verbe existera bientôt. Il s'imposera quand je ne comprendrai plus pourquoi ta bave jaillit partout sans préavis. Tu te fissures. Tu me tumultes. Tu me tsunamises de ton amour fatal, total, trop pur. Ton amour alcool dur qui arrache. Descendu cul sec. Tu te retires comme une immense chasse d'eau. Les animaux et les peuples dits primitifs aussi. Tous ceux-là savent te lire sans avoir recours à la science. Moi, je continue à bronzer armé de mon smartphone qui sait tout. Je laisse les enfants jouer sur la plage. Je les laisse faire comme moi : construire des châteaux de sable. Je n'entends pas le silence des oiseaux.

Toi, tu prends ton élan. Un jour, pas si lointain, ton colosse de vague me projettera sur un arbre. Pas rancunier, il me sauvera la vie. Quand il se relèvera de ta gifle monumentale, je verrai des débris de maisons, de voitures, des débris de routes à perte de vue. Des corps gonflés de toi, désarticulés, échoués, marionnettes exsangues d'une représentation fulgurante qu'ils ne se représentaient pas. Des couples «Just Married» déchiquetés, des familles démembrées, des orphelins, toujours des orphelins, en quête de leurs parents. Ce jour-là, je serai le dernier amant.

Quand je tombe trop bas, je me souhaite de mourir en paix. Vœu pieux ! Ça va bastonner sec, car je ne suis pas le seul à t'avoir abusée. Nous sommes des milliards. Et déjà des millions à migrer dans l'absurde espoir de te retrouver intacte ailleurs. C'est bien connu : l'herbe est toujours plus verte ailleurs. Sauf qu'il n'y en a plus.

Donc ça va cogner. On va se bouffer le nez. Le nez et pas que le nez. L'anthropophagie, ça nous prend, nous les hommes, pour un morceau de terre ou pour un petit bout de femme. On va se l'arracher ta touffe. Même desséchée. Attends-toi au pire. Nos viols en réunion, ce n'était rien. L'apéro. La grande bouffe, c'est pour bientôt. Il va y avoir du sexe, d'autres mensonges, et des vidéos. Pour témoigner. De notre impuissance.

Du sexe, oui. Tu sais comme on est nous les hommes. On est comme je suis, avec mes fantasmes en sous-sols qui te jurent le septième ciel. Avec ma maîtrise de ton point G que je n'ai jamais été foutu de localiser. Avec mes caresses monotones. Je te désire toujours telle que je t'ai rencontrée. La même. Au même âge. Intacte. Me retaper une éternelle jeunesse, c'est tout ce qui m'intéresse. Je convoite la même adolescente. En oubliant combien je t'ai ridée.

Je me rabats sur notre histoire ancienne pour me réconforter, mais la Grèce aussi m'aura mal éduqué. À force de coucher avec toi, je me suis pris pour un demi-dieu. J'ai fini par croire en ma divinité. Elle rime si bien avec impunité. Plus ça va mal, plus j'ignore ta finitude. Tes limites ? Connais pas ! Mon grand jeu : les dépasser au prix d'hostilités infinies. Je regorge de conflits.

Chaque soir, le vingt heures accroît ma culpabilité. On y voit un dictateur envoyer de jeunes pousses se faire tuer. Fauchées avant d'avoir donné leurs fruits. Ces vies sacrifiées à des frontières mensongères pourrissent sur tes champs. Sans te nourrir pour autant. Leur sang ne t'irrigue pas. Leur mémoire continue de nourrir mes cauchemars qui les déterrent chaque nuit.

Nos enfants non-plus ne mourront pas en paix. Ils mourront en guerre. J'espère juste qu'ils ne seront pas blessés. Je prie pour qu'ils crèvent dans leur sommeil. Asphyxiés. Je prie pour qu'ils n'aient jamais été. Que tu les aies enfantés mort-nés. Je prie pour qu'ils sautent sur une mine. Prière raisonnable : j'en ai tellement semé. Je prie la poussière de condescendre à les adopter. Je prie sans savoir prier. Je pourrais revêtir une soutane, elle me poursuivrait, telle l'ombre de mes péchés.

Ton ombre, j'aimerais m'y réfugier. Mais tes arbres se font rares. Toutes les deux minutes, j'en fais un terrain de foot. Depuis, ils cherchent leurs racines, leurs artères, leur sève. Ils confondent printemps et automne ; bourgeonnent au lieu d'hiberner. Pour te venger de moi, tes seins de glace leur infligent fausse couche sur fausse couche. Si tu continues, à l'ombre de quel tronc irai-je quêter la fraîcheur de ton reflet ?

À l'ombre des derniers arbres, je m'affranchis de la mienne et me permets de croire que je suis un. En leur absence, mon sombre double me poursuit, me rattrape, me dépasse et finit par s'étirer jusqu'à se perdre dans ta nuit. Bientôt, j'aurai remplacé tous tes arbres par des clairières à faire pousser des steaks. Bientôt, tu ne pourras même plus les abreuver de tes larmes. Tes yeux secs assisteront aux déluges de feu qui s'abattront de toi. Je ne sais pas pourquoi j'utilise le futur. Tes arbres ne survivent plus depuis longtemps. Ces squelettes gris-brun sont comme toi : ravagés de l'intérieur.

J'ignore combien de temps encore la chirurgie esthétique suffira à masquer tes disgrâces. Chaque jour, tu apparais un peu plus défigurée. Nous, en revanche, on ne va plus avoir besoin de lifting. Il va faire tellement sec qu'on aura la peau du visage tendue comme un cul, avec cet immense sourire à la con au milieu issu de ce petit…, de cette petite bouche d'où continuera à sortir notre vocabulaire flatulent. Tout ce qu'on dira sentira mauvais. On continuera avec notre logodiarrhée, on parlera encore et toujours trop, on ne parlera plus jamais solide, on parlera pour se déverser, tous nos propos pueront la justification, pueront pour l'éternité qui ne nous appartient déjà plus.

Tu es une miraculée de mes sévices. Pour me tenir à distance, tu t'es laissé pousser des ronces auxquelles je m'accroche. Les gouttelettes de mon sang tachent ta robe comme un venin. Mes lèvres se fendent d'incantations barbelées par ta soudaine indifférence. Je me soumets à tes mutations aveugles et subis les derniers jours d'un monde sans savoir à quoi ressemblera le prochain.

Tes derniers jours sont les miens. Je n'ai jamais cessé de dégoupiller des grenades en me convainquant qu'elles n'allaient pas exploser. Dans ce contexte, que veux-tu que je te promette ? Ça devient périlleux de te protéger. L'an dernier, cent soixante-quatre de tes défenseurs ont été tués. La meilleure chose à faire serait de préparer nos obsèques dès lors qu'on a tous fait le même choix sans s'être consultés. Plutôt que de te sauver, on a opté pour le suicide individuel. On a choisi de ne pas choisir. On a choisi d'aller chacun son chemin vers ton précipice. On préfère s'enterrer plutôt que s'entendre.

Nous n'avons pas décidé de nous suicider individuellement, mais collectivement. La race humaine est une secte, capable de croire à l'innocence d'un crime en se prosternant devant son instigateur qui n'est autre qu'elle-même. Bâillonnée, réduite à un cri nasal, rendue mutique par sa propre voracité, elle assentit, telle une proie, au présage d'une mort docile.

Nous nous allongerons ainsi, amas de pierres noires, au lendemain d'une de tes colères volcaniques. Nous compterons sur un crachin pour t'apaiser. Nous nous déroberons au diapason de notre lâcheté. Exception : nos enfants, nos petits prophètes. Ils demeurent effarés par notre volonté caduque, notre abandon de nous-mêmes, l'abdication de notre parentalité. Autrement conscients de le subir, ils constatent, effarés, ce suicide collectif. Notre autoémasculation les décimera.

Suicide ou pas, collectif ou pas, cette addiction à ce que tu n'as plus va mal se terminer. Comment réinventer ton corps si on continue à s'approprier ton sang comme on s'est approprié ta chair ? Il m'arrive de te sourire sous ma muselière, mais ça ne suffit plus. Il faudrait tout remettre à plat avant que tu ne le sois, avant d'atteindre ta dernière frontière, ton dernier réverbère à l'entrée du cimetière qui déborde. Lanterne sourde, tu brûles sans plus nous éclairer. Plus loin, sur l'océan désert, tes plaies flottent, inutiles. Nous sommes entrés dans l'ère des incertitudes radicales.

Des magiciens disent que je me fais du souci pour rien. Que la technologie va me sauver. Et toi dans la foulée. Après t'avoir macroprocessée, il suffirait de te microprocesser. Mon intelligence m'ayant fait défaut, ils viennent d'en créer de l'artificielle. Elle est censée te surveiller au plus près. Pour l'instant, c'est moi qu'elle surveille.

Artificiellement intelligent, je continue à te persécuter de plus moche. Je te fore, je te fouille, je te broie, je te perquisitionne, je te traque, je te fracture. Je te fracture à l'eau. Je t'injecte. Je t'infiltre les os. Je t'aspire la moelle. Je te vidange la carcasse. Bientôt, grâce au progrès, je ponctionnerai le fœtus de ton âme, là où je n'aurais jamais dû me hasarder.

La technologie me sauvera. De quoi ? De qui ? De moi ? De ce robot, autrefois très pressé, aujourd'hui trépassé, pendu à son téléphone ? Les anciens mots d'usage, *Salut, Ça va ? On s'appelle ? On se voit ?* enrichis d'un sourire, ont laissé place à la gêne de mon regard arraché à l'aimant de ma main qui ne se tend plus. Je suis devenu cet être parallèle, toujours vêtu de peau humaine, qui daigne parfois octroyer quelques miettes d'attention quand quelqu'un s'érige, vivant, tel un obstacle, ou tel un écran venu occulter le seul, le vrai, celui que je mets constamment à jour pour mieux repousser l'importun vers la nuit de son inexistence numérique, pour mieux refouler l'humanoïde gluant que je likerai d'autant plus abondamment que je lui aurai dénié un instant en présentiel. Survivrai-je à mon intoxication digitale, à ma propre narcose ?

Armé de ma jeMontre, je flique ma survie. Shooté à mon unicité, je me condense aux dimensions de ma dépendance. Pour m'immortaliser, je me selfise à outrance. J'ai beau me digitaliser en logeant ma mémoire dans des nuages toujours plus volumineux, je pixélise mon extinction. Un logiciel me propose, sous forme d'abonnement mensuel, la cryogénisation de mes rêves les plus secrets. Resteront-ils secrets dans leur data-cercueil ? Mes rêves ont-ils jamais été secrets ? Ne m'ont-ils pas été soufflés par des androïdes qui me ressemblent trop, me devancent, me devinent ? Le logiciel propose d'en corriger toutes les imperfections, d'en faire des rêves politiquement corrects. Il m'assure que je n'aurai plus rien à craindre de mon profil. Qui loge à mon adresse IP ? Ne vaut-il pas mieux crever de toi dans le chaos d'une improvisation, que de vivre ainsi, matriculé ?

Je t'évalue, je te note, je te descends ou je te promeus. J'accepte l'opacité de ceux que je sers en leur livrant la transparence de ceux que j'aime. J'ai gobé la fable du mouchard vertueux. Même éteint, il nourrit mon casier du moindre de mes gestes. Identifiés, coupés, recoupés, analysés, classés et stockés pour l'éternité avant d'être revendus au plus offrant. Si je fuis, chacun de mes pas est répertorié, consigné dans les archives de mastodontes qui veulent le bien de l'humanité. Ils me broieront le jour où j'oserai les contredire. De qui serai-je le ventriloque quand je serai contraint de penser par eux ?

Pour l'instant, je cherche des réponses à des questions que tu ne m'as pas posées. Tu m'en poserais que je n'y répondrais pas. Tu me connais. Tu sais comme j'aime éluder les obstacles, ignorer les déviations et griller les feux qui m'intiment de ralentir. Je suis comme ça : j'aime les lignes droites, la vitesse et les tunnels, le bitume et le béton. Tu me répètes : «Il n'y a qu'un sentier à prendre pour me rendre heureuse. Allons y marcher pieds nus.» Tu ne me comprendras donc jamais. J'ai besoin d'être droit dans mes bottes, d'investir dans le dernier cri de la mobilité : les speed-ascenseurs, les rushescaliers, les motodrones et les rocketaxis. Je prends soin de toi à ma façon : à fond.

Je t'emmène dans des clubs échangistes. Trop souvent, à ton goût. Tu te plains qu'ils soient situés de plus en plus loin. Reconnais que, quand de brillants marketeurs ont inventé ce concept excitant de libre-échange, notre couple a connu une deuxième jeunesse. En plein milieu de nos ébats, tu susurres dans mon cou : « Ta maison brûle, tu es dedans, mais tu ne fais toujours rien. » Ton reproche navigue, s'infiltre, craque mes osselets. Je t'en veux : tu as le don de me crisper, de m'interrompre, de m'empêcher de jouir. Tu ne comprends pas que j'ai ardemment besoin de me liquéfier, de m'émanciper de mon métal, de brûler par toi, pour toi.

Je ne suis pas le seul à brûler pour toi. Un nouveau membre, du nom phallique de bitcoin, s'avance. Il m'explique qu'il est en rut permanent, qu'il faut que je lui cède ma place, qu'il a besoin d'enfouir sa fournaise. Ça dure des heures. Son érection perpétuelle menace de te faire fondre de l'intérieur. Comme lui, je crains d'être atteint de priapisme. Aucune éjaculation ne m'apaise jamais. Pas étonnant que l'on nomme croissance mon obsession à vouloir toujours plus. Tout le monde connaît le mot croissance. Personne le mot déplétion. Ça en dit long.

Sur la route du retour, tu te plains de poussières de diesel qui grattent tes yeux et tes poumons. Tu te plains toujours de choses invisibles, infimes, négligeables. Plus tu es chochotte, plus tes copines tombent dans ton panneau et m'accusent. Tout ce qu'on ne peut pas prouver, j'en suis responsable. Elles veulent m'obliger à rouler à 110 sur l'autoroute uniquement parce que tu tousses. Tu te rends compte du sacrifice qu'elles me demandent ! As-tu déjà oublié les émeutes pour me soutenir quand on a baissé ma vitesse à 80 ? Tu réalises ce que ça représente en matière d'atteinte à la liberté individuelle ! Pas besoin d'être poète pour comprendre que mobilité rime avec masculinité. Jusqu'où souhaitent-elles me brider au nom d'un énième petit effort équitable et partagé ? La lenteur castre. Ne les écoute pas : laisse-moi t'aimer à 130.

C'est tellement bon de s'évader en caisse. Ça justifie pour moi le fait d'aller manger le dimanche chez ta mère. Tu me fais visiter ta chambre de plus en plus étroite. Tu n'es pas peu fière de me dévoiler tes rêves de petite fille bien rangés dans une boîte. Tes aquarelles trahissent tes mains moites et tes jupettes à gambettes en attente de leur prince charmant. Sur ton oreiller déplumé traînent quelques rêves de nous, du temps où nous étions un après-midi d'été. Moi aussi, dans ma chambre d'enfant, je gagnais toutes les guerres. Un de ces dimanches, dans le miroir de la tienne, tu as compris que je ne serais jamais ton conte de fées. Ni prince, ni charmant ; tu t'es mise à pleurer. Tes pleurs sont mon alcool. Ils m'enivrent. Verse-m'en encore une larme.

Il faut que je t'avoue quelque chose : je n'arrive pas à me sevrer de ton nectar. Alors je trinque avec les autres. Un jour, il faudra que j'arrête. Un jour, j'arrêterai, je te promets. Là, je n'y arrive pas. Ces mauvaises fréquentations m'évitent de sombrer, me soutiennent, ne croient pas à la thèse de ton réchauffement, affirment avec moi que tu as toujours été frigide, répètent à l'envi mes vers mensongers : « Tout va très bien, Madame la Banquise. Tout va très bien, tout va très bien. » Ces vers finiront par me bouffer de l'intérieur. Pour l'instant, ils me nourrissent. Et puis, en démocratie, on aime bien délibérer autour d'un bon verre entre amis. Mais il paraît que bientôt il n'y aura ni délibérations (plus le temps), ni verre (plus d'eau), ni amis (tous contaminés). La maison du premier petit cochon vient d'être pulvérisée sous mes yeux. Pourtant, le loup n'existe plus. Bizarre.

Mon téléphone palpite de tous ceux qui se mêlent de toi. Ils sont de plus en plus nombreux à vouloir me parler, me convaincre qu'il est encore temps de te sauver. Je ne réponds à aucun de ces appels en souffrance. La dernière fois que j'ai décroché, je me suis ouvert beaucoup trop grand. Depuis, je n'arrive ni à me refermer, ni à te verrouiller comme avant. Je te laisse te plaindre devant les autres. Au lieu de m'en savoir gré, quand tu leur parles de moi, tu me falsifies. Tu fais passer ton prince charmant pour un monarque sanglant. Tu casses mes mots, tu tords mes phrases, tu défigures mes pensées. Tu dis que j'ai le diable sous la queue. Ils se plaignent que je ne réponde jamais. Ils n'ont pas tort : ça fait longtemps que je ne réponds plus de toi.

Chaque année, le planning familial brandit la menace de l'épuisement de tes réserves. Et chaque année, j'y puise pourtant sans problème. Ça ne l'a pas empêché de saisir la justice pour demander qu'on requalifie mon *pillage* en *avance d'hoirie*. Toujours ce vocabulaire imbitable pour me rabaisser ! Je me suis renseigné, l'avance d'hoirie, ça requalifie en héritage anticipé ce que je te prends. La raison en serait, je cite : « d'assurer un partage successoral équitable ». Aucune logique : d'un côté on soutient que tu n'as plus rien, et de l'autre qu'il faudra déduire au moment de ta succession ce que je t'ai déjà pris. J'ai consulté un avocat et j'ai bien fait : tu peux déclarer que l'avance d'hoirie dont je bénéficie ne doit pas être prise en compte dans ta succession. Tiens, j'ai le document, il te suffit de signer là, et là, et là. Merci. Mais non, pas du tout ! Ça ne retire rien à nos enfants. Ils n'auront qu'à faire comme moi. Je leur expliquerai la manip, fais-moi confiance. On décale juste ta succession d'une génération, puis de deux, puis de trois. Tu comprends ? On fait en sorte que ça soit toujours la génération d'après qui passe à la caisse. Et comme elles sont vides…

L'avion coûte moins cher que le taxi. Je me jette sur le premier billet dégriffé. Je m'envole pour un week-end. Je vais à la plage, à la montagne, dans toutes les boîtes du monde, sur un coup de tête en oubliant de m'en servir. Je t'asphyxie alors que je sais. On est de plus en plus nombreux à savoir. Je fais comme eux puisqu'ils font comme moi. Je plébiscite le High-Tech et le Low-Cost, quand c'est le contraire qui te permettrait de respirer.

Même la nourriture est dégriffée. Forcément, c'est toi qui paies ! Je fais comme si tes réserves étaient pleines. Je me sers de toi comme d'un buffet. Et toi, mère nourricière, tu n'en finis pas de donner tout ce que tu as. Tout. Chaque année, j'exige de plus en plus tôt que tu me donnes ce dont tu n'as déjà plus. L'an dernier, ton buffet était vide le 5 mai. Alors, j'ai tapé dans ton frigo.

Après avoir vidé ton frigo, j'ai puisé dans ton congélo. Je continue à prendre ton hospitalité pour un dû. Je fais fondre toute ta glace, assèche ton puits, brûle ton bois et brade tous tes biens. Jusqu'à ce qu'apparaisse ton corps nu. Sa coquille craquelle de toutes parts. Tes ecchymoses annoncent ma déchéance. Ton sein froissé ne m'accueille plus. Je finirai sans sépulture. Grillé au soleil qui régnera en maître. Exposé au regard du dernier vautour dont je serai le dernier repas. Ce sera lui mon dernier amant. Le vautour qu'avec toi j'ai été. Elle ne semble plus très loin la nuit où j'irai me recueillir sur moi-même. Moi, ton amant. Esseulé, inutile. Coupable d'avoir trop fait et de n'avoir rien fait.

Oui : on peut être coupable de ne rien faire. Mon inaction : laisser les mastodontes brasser des milliards, les laisser nous brasser, nous, les milliards. Brasser nos lois, brasser nos sols, brasser l'air. Ils investissent ces milliards issus de nous à fabriquer des mots et à en détruire d'autres. Ils se servent de la science contre la science, des réseaux sociaux contre l'amitié, des parlements contre la démocratie, et de moi pour accélérer ton effondrement. Ils se servent de mes peurs, surtout, pour me tétaniser, pour s'assurer, précisément, de mon inaction. Ils nous rejouent cinquante ans après la partition des cigarettiers. Ça a tellement bien marché, pourquoi s'en priver ? La vraie question est de savoir si on va encore se laisser enfumer.

Ils se servent d'internet puisque c'est désormais le lieu où je vais puiser la confirmation de mes croyances. Mes croyances, c'est ce guidon de plus en plus petit sur lequel je m'arc-boute avec des œillères de plus en plus grandes. Je ne vois même plus que je tue mon voisin en arrosant mes fleurs. Mon voisin, c'est l'insecte pas si nuisible qui fait son job à la perfection sans moi, les mauvaises herbes pas si mauvaises qui gardent les petons de mes fleurs au frais ou au chaud selon la saison, mon chien qui lèche ses pattes au glyphosate, et toi, quand je t'offre la fleur envenimée.

Notre jardin est devenu une unité de soins intensifs. Je goutte à goutte nos fleurs en réanimation. Les flocons n'atteignent plus leurs pétales. Nos arbres n'attirent plus les orages. L'ombre lointaine de l'eau est prise de nausée ; elle ne s'exprime plus que par vomissements. Nos sols sont éreintés pour des générations. Au loin, les océans transpirent de l'acide. Parfois, une femme alerte ou un type lucide tire le signal d'alarme. Mais le train de notre surdité file de plus en plus vite.

Mon train de vie toujours aussi gourmand fait que ta locomotive a déjà entamé sa grande accélération. Je continue à t'emboîter autant de wagons que je peux. Ils sont pleins à craquer mais je persiste à vendre des billets. Je ne peux plus promettre qu'on arrivera. Ni où. Ni comment. La seule chose que je sais, c'est que ton train va de plus en plus vite. Il est devenu obèse, comme tant de nos enfants qui compensent ton déséquilibre en prenant du poids. Ils assurent que tu finiras par dérailler. Je les rassure : ce jour-là, on ne sera plus là, ou dans un autre train que le tien. Il n'y a pas d'autre train ! martèlent-ils. Je leur demande de me faire confiance : je saurai arrêter ton train à temps. Ils murmurent que ton signal d'alarme ne fonctionne plus, qu'ils l'ont tiré si souvent que plus personne ne l'entend. Je regarde par la fenêtre qu'on n'a plus le droit d'ouvrir. Pourquoi les feuilles sont-elles nues en été ?

La science, elle, continue à le tirer, ton signal d'alarme. De vrais scientifiques commencent à se coller à des portières de voitures de luxe, à des guichets de banques prospères, à des passages cloutés. Ils sortent de leurs labos pour hurler ce que plus personne ne lit dans leurs rapports : que tu n'as plus de freins, que tu es devenue une locomotive lancée à pleine vapeur, à plein charbon, à plein CO_2. Propulsée dans le mauvais sens, tu trimballes dans tes rails une inertie qui reflète la nôtre. Les deux sont criminelles. À ceci près que je suis l'auteur du crime que tu t'apprêtes à commettre.

Mais j'ai de bonnes raisons de croire que je ne serai jamais condamné. La justice y veille. Après seize années de procédure, le parquet de Paris a rendu un non-lieu dans le dossier pénal du chlordécone. Le chlordécone… un nom qui ne s'invente pas ! Il déconne tellement qu'il s'est instillé partout, dans tous ceux qui t'entourent et qui vivent de toi. Mais rassure-toi, les enfants et moi on n'a rien à craindre : ça ne se passe pas chez nous. Enfin, si, les Antilles c'est un peu chez nous, mais suffisamment loin quand même. Ce qu'on oublie de dire, bien sûr, c'est que le chlordécone, il n'y a pas mieux pour les bananes ! Certes, l'Organisation mondiale de la santé l'avait classé cancérogène en 1979 mais, heureusement, le gouvernement français a permis aux producteurs bananiers de l'utiliser jusqu'en 1990. Grâce à ça, on a payé nos bananes un peu moins cher, avec, oui, on ne fait pas d'omelette sans casser des œufs, quelques effets secondaires. Lesquels ? À nouveau, rien de préoccupant pour nous. Si tu ne me crois pas, lis la presse : « 90 % de la population *antillaise* présente un taux d'incidence du cancer de la prostate parmi les plus élevés au monde. » Heureusement que le parquet de Paris a eu le courage de rendre ce non-lieu : tu imagines ce que ça nous aurait coûté s'il avait fallu dédommager 90 % des Antillais !

Autre bonne nouvelle : elle concerne le charbon. Indispensable pour notre barbecue. Malgré ça, en 2015, des experts du monde entier se sont mis d'accord à Paris pour mettre progressivement fin à son utilisation au fallacieux motif que ça nuirait à ta santé. Depuis le temps que je t'en fais avaler, ça se saurait ! Mais n'aie pas peur : tout ce qu'ils promettent, ils ne le tiennent jamais. La preuve : la consommation de charbon a battu un nouveau record. En 2022, les Chinois ont ouvert deux nouvelles centrales par semaine. Les experts persistent pourtant dans leur mensonge et affirment que ça serait la principale source de cancers avec 15,1 Gt de CO_2. Tout ça, ce sont des sigles et des chiffres pour nous faire peur et me culpabiliser. Ferme la fenêtre, l'air a un drôle de goût.

Et si on s'exilait à la montagne pour décarboner tes poumons ? Et pourquoi pas en Suisse pour te retaper ? La Suisse, c'est la démocratie rêvée ! La preuve : à l'heure où je t'écris, elle vient de voter une loi CO_2, d'interdire le libre-échange, les pesticides et l'élevage intensif. La réalité est tout autre. La Suisse est un grain de beauté qui s'ignore. Le peuple a voté pour l'élevage intensif, pour des multinationales irresponsables, pour des pesticides encore et toujours, pour des antibiotiques à donner au bétail en pleine forme, pour le libre-échange avec son voisin l'Indonésie, mais contre une loi CO_2. La Suisse s'amuse à gratter son grain de beauté. Pendant ce temps-là, c'est toi qui saignes.

Tu saignes, mais je n'aime pas toutes ces infirmières et tous ces médecins qui s'agitent autour de toi. Ils ne comprennent rien à ma façon de t'aimer. L'autre jour, des urgentistes ont débarqué. Ils se sont permis de me faire la leçon : «Si vous continuez à la cogner, elle risque une hémorragie interne. Ce jour-là, on ne pourra plus rien pour elle.» Les urgentistes ne savent même plus ce qui est urgent ou pas. Une bonne taloche n'a jamais entraîné d'hémorragies. Je le sais : mon père m'a foutu des raclées depuis que je suis né et je n'en suis pas mort. Au contraire! Ça m'a formé le caractère. Dans quelle époque vit-on? Il n'y a rien de plus horripilant que toutes ces fausses urgences à ton propos.

Si tu n'aimes pas la montagne, je te paye une croisière ! Un navigateur devenu député – n'importe qui fait de la politique maintenant – s'est juré d'interdire les emballages en polystyrène. Il affirme que quinze milliards de pots de yaourt seraient achetés en France chaque année. Toujours ces chiffres monstrueux pour nous faire peur. Il en aurait vu un tiers flotter dans l'océan. Il s'excite tout seul en affirmant que nos enfants en ingéreraient des microparticules (trois fois rien donc) à chaque cuillérée. La pellicule d'aluminium qui recouvre le polystyrène serait toxique. Si un yaourt est considéré comme toxique, alors tout est toxique ! Moi, je crois plutôt qu'à force d'être allongé sur son transat en solitaire, le soleil lui a tapé sur la tête. Ce qu'il ignore, c'est que sans le polystyrène et l'aluminium, on ne pourrait pas détacher un yaourt de son lot. Le problème avec tous ceux qui prennent ta défense, c'est qu'ils sont totalement déconnectés de la réalité.

Nos enfants sont tout aussi déconnectés de la réalité que ce député à la dérive. Des myriades de petits prophètes déambulent dans la rue. Leurs pancartes brandissent ta cause. Plutôt gênant pour moi. Comme il s'agit de nos enfants, le soir, la pancarte reprend son souffle dans notre salle à manger. Pendant le dîner, sous le nez : «Non aux légumes qui voyagent plus que moi.» Je me précipite dans la cuisine jeter les emballages coupables. Le tri apaise ma conscience. Mais mes ordures bien rangées masquent mal les dettes que je laisse à nos petits prophètes. Elles sont bien plus pourries. Les poches de nos enfants sont remplies de défauts de paiement.

Notre fils aîné, petit prophète en chef, en remet une couche : « Tu dis que tu as changé, mais à peine la cage ouverte, tu t'es précipité. Tout ce Covid pour rien. Tu ne comprends rien au charme de l'immobilité. Tu confonds mobilité et liberté. Tu crois toujours qu'en allant plus loin tu iras mieux. Qu'en allant plus loin plus vite, tu iras encore mieux. Chaque fois que tu te déplaces et que tu traînes maman dans ton sillage, tu l'abîmes. » Il sort une pancarte neuve et y barbouille un autre slogan : *Se déplacer, c'est déplacé !* « Tu l'as perturbée dans ses moindres recoins. Elle n'a plus droit à sa vie privée. Tu te glorifies du prestigieux titre d'aventurier chaque fois que tu encoches son intimité. Ton but : arriver le premier ! Où que ce soit. Quels que soient les dégâts. Papa : ton existence justifie-t-elle à ce point l'élimination de toutes les autres ? »

Si tu savais comme il me bassine avec ton soi-disant degré et demi en plus en 2100. Il cherche à m'asperger de honte, à m'imbiber de haine de moi. Il oublie tout ce que j'ai fait pour lui. Il compte me faire porter l'entière responsabilité d'un crime que mes parents auraient commis avec moi. Qu'il laisse ses grands-parents crever en paix. Espèce sans voix, ils disparaîtront sans l'élever. Leur extinction sera sans rébellion. Comme moi, en 2100, mes vieux seront six pieds sous toi depuis longtemps. Et nos enfants aussi, alors de quoi s'inquiète notre fils ? De surcroît, il m'a promis que je ne serai jamais grand-père. Mon extinction, c'est pour après-demain. Au rythme où tu t'essouffles, il prédit que ça pourrait m'arriver dans la journée.

On n'aurait pas dû lui faire sécher l'église. Il honorerait son père. Il se souviendrait que je lui ai tout appris. Comment faire le premier pas, comment pas faire le premier pet, comment faire pipi. C'est un garçon ; c'était à moi de lui transmettre tous ces savoirs essentiels. Je lui ai tout transmis pour qu'il aille plus haut que moi. J'ai toujours été un bon père. C'est toi qui allaites, c'est moi qu'on applaudit. Ta mort à crédit, il en profite aussi.

Ce descendant ingrat veut que je me foute en vacances de toi, que je me décolle de ta bouche, que je me botte en touche. Je fais des rimes pour que ça passe. Mais ça ne passe pas. Je ne comprends pas pourquoi il veut que je me passe de toi. Il dit que je t'ai harassée, dépouillée de ton éclat. Ne lui donne jamais la clef du grenier. Il y a des caisses pleines de ma vie d'avant. Des albums photo de toi qui me trahiraient. Ces caisses sont les archives d'un passé qui me pèse. Notre fils, quoi qu'il en hurle, est plus léger de toi. Quand on ne sait rien, il est plus facile d'accepter l'idée d'un monde nouveau qui résoudra tout.

Il a suggéré sur une de ses pancartes d'éliminer l'obsolescence programmée. La pancarte a fait son chemin. Elle s'est laissé inviter dans de nombreuses salles à manger. Certains politiques l'ont même brandie. Je n'étais pas peu fier. Mais les industriels sont montés au créneau. Ils ont menacé : emplois, carnets de commandes, récession, contraction. Hors de question que la qualité l'emporte sur la quantité. Alors, il a écrit une autre pancarte : *L'industrie, c'est le passé, mais un passé qui refuse de passer*. Il faut reconnaître aux industriels qu'il s'agit là d'un passé très bien organisé, un passé qui dicte encore son futur. Notre petit prophète est rentré écœuré : les politiques qui vivent du futur de leur réélection ont fini par planquer sa pancarte. D'après lui, chaque fois qu'ils se soumettent, c'est ton obsolescence qu'ils reprogramment.

Il arrive qu'une petite prophétesse émerge du futur comme un cri dans le désert. Du haut de ses quinze ans, elle se fait pancarte. Notre fils aîné l'a bien sûr invitée à dîner. Au lieu de me dire *Bonsoir, Merci, Comment allez-vous ?,* elle m'a demandé : «*How dare you ?*» (Comment osez-vous ?) Notre fils a surenchéri : «Le problème, c'est que papa n'ose pas grand-chose. À part te critiquer. À part te boycotter, comme ces députés pour lesquels il vote, quand tu t'es emparée du parlement pour leur demander de lire les informations scientifiques et d'agir en conséquence. Ces députés t'en veulent de t'être levée, de les avoir réveillés, de leur glisser sous le nez de la science qui ne sent pas bon. À défaut d'attaquer tes idées, ils t'ont reproché d'être adolescente, autiste, radicale. Papa, ça l'arrange : tout ça fait qu'on parle moins de notre mère.»

« Il n'y a pas que tes députés, papa. Un de tes ministres nous a traités d'écoterroristes. Notre crime ? Avoir aspergé de soupe à la tomate *Les Tournesols* de Vincent van Gogh, puis de purée de pommes de terre *Les Meules* de Claude Monet. Une fille et un garçon. Ils se sont agenouillés dos au tableau. Face à la caméra. Face aux gardiens du musée. Face à nous. Ils se sont collé la paume au mur pour garantir leur temps de parole. Et puis la fille : "Les gens sont affamés, les gens ont froid, les gens meurent. Nous vivons une catastrophe climatique. Et tout ce qui vous fait peur, c'est de la soupe à la tomate ou de la purée de pommes de terre sur un tableau. Vous savez, moi, de quoi j'ai peur ? J'ai peur parce que la science nous dit qu'on ne sera pas en mesure de nourrir nos familles en 2050. Faut-il de la purée de pommes de terre sur un tableau pour vous faire écouter ? Cette peinture ne vaudra rien si on doit se battre pour de la nourriture. Quand allez-vous enfin commencer à écouter ? Quand allez-vous enfin commencer à écouter et arrêter le *business as usual* ?" Leur collectif s'appelle *Dernière génération*. Ce sont tes enfants. Ce sont nous. »

Orage à la maison quand j'ai répliqué que ses amis avaient vandalisé un tableau d'une valeur de cent onze millions de dollars. « Obscénité, tes chiffres ! Manipulation, tes reproches ! Mes amis n'ont rien vandalisé : le tableau était protégé par une vitre. Ils se sont bornés à attaquer un patrimoine de l'humanité. Que fais-tu d'autre au quotidien ? Avec de la soupe à la tomate et un peu de purée, ils se sont adressés à toi : "Voilà ce que vous faites ; voilà ce que vous n'avez cessé de faire." Ils auraient pu ajouter : "Voilà ce que vous nous faites ; voilà ce que vous n'avez cessé de nous faire." Tu ne comprends toujours pas que ces petits prophètes, comme tu les nommes sans que je sache si c'est par mépris ou par admiration, tu ne comprends pas qu'ils représentent aussi un patrimoine de l'humanité. Au même titre que maman. Ils ont d'ailleurs choisi des œuvres en lien avec notre mère nourricière. Des tournesols et du blé. Sous cage en verre. Bientôt, dans un autre musée, ils s'en prendront à une nature morte. Quand il sera vraiment trop tard. Quand il n'y aura plus de tomates pour notre soupe, ni de pommes de terre pour notre purée. »

Chaque fois qu'on arrête des petits prophètes, ça secoue mes certitudes. Mon fils aîné le sait et il ne se prive pas pour repartir à l'assaut. Il me dit que le ministre de l'Intérieur porte bien son nom à vivre retranché entre quatre murs et une porte blindée, bien au chaud dans son bureau, pendant qu'il envoie les flics dégager tous ses amis qui font don de leur corps pour te sauver. Il me reparle une fois de plus de cet ex-président le plus puissant du monde : «Ce type continue à tromper le monde ! Il utilise des termes guerriers et se sert de l'Église pour faire croire qu'il croit. Quand les journalistes l'interrogent sur la fièvre de maman qui ne baisse plus, il plaisante : "J'ai froid, moi. Pas vous ?" Ça fait rire ses fans sur les os de maman. Il compare son agonie à un rhume et propose de la vitamine C pour soigner son cancer métastasé. Son discours est de plus en plus grossier. L'appauvrissement du langage appauvrit la pensée. Ce guignol se pavane comme s'il était immortel.» Notre petit prophète va finir par ébranler mes remords. Dans les craquelures de sa voix, je comprends que ce guignol, c'est aussi moi.

Notre fils aîné soutient tous les petits prophètes de la planète. Même quand ils sont plus grands que lui. Il vient de rendre visite à Deanna Violet Coco, trente-deux ans, au centre pénitentiaire ultra-sécurisé de Sidney. Elle a été condamnée à quinze mois de prison dont huit ferme. Elle a fait appel. Notre fils craint que son appel ne soit pas plus entendu que lorsqu'elle a arrêté sa voiture pendant vingt-cinq minutes sur une des huit voies du Harbour Bridge. Il dit : « On applaudit les fusées des milliardaires avec à leur bord des satellites pour nous surveiller toujours de plus près, mais on condamne Violet pour avoir allumé une fusée de détresse ! Bloquer partiellement la circulation automobile est en passe de devenir un crime ! Fût-ce pour éveiller vos consciences anesthésiées, aveugles au crime que vous êtes en train de nous infliger. Deanna a été reconnue coupable d'avoir fait usage d'un objet explosif autorisé. Pour la museler, ses gouvernants se sont précipités dans une union sacrée avec l'opposition pour faire voter des lois anti-manifestations. Violet a répondu : "Mon propre sort a peu d'importance en comparaison de ce qui nous attend." »

Il n'y a pas que Deana. Notre fils évoque aussi Julia. Bardée de diplômes et de publications irréfutables, elle a su s'arracher au confort de son laboratoire et ajouter un prénom au nom de son père nobélisé. Entourée d'autres blouses blanches respectables et respectées, elle s'est allongée sur l'autoroute avec une pancarte : «Je suis fatiguée de prouver pour rien.»

Il n'y a pas que Julia. Ce matin, même les arbres se sont couchés. Leurs branches enchevêtrées en signe de désobéissance naturelle. Des bûcherons ont été sommés de mettre un terme à cette coucherie requalifiée en «commerce charnel sur la voie publique». Désorientés par cette absence de verticalité, ces élagueurs ont refusé d'amputer des membres d'arbres à même le sol et se sont allongés en signe de solidarité. Les forces de l'ordre ont rappliqué, mais elles ne savaient pas comment gérer cet horizontal désordre. Leur chef a pointé les tronçonneuses, mais elles ont refusé de mutiler des troncs de femmes, d'arbres ou d'hommes. À leur tour, elles se sont allongés. Les automobilistes ont fini par couper leurs moteurs devant cette marée de peaux et d'écorces dont les essences sentaient tellement meilleur que celle de leur réservoir. Ils se sont également allongés. L'autoroute perdit alors toute l'autorité de la vitesse que les hommes lui avaient conférée. Elle devint la première manifestation aboutie d'une fusion entre tes différentes tribus. Ce jour-là, sur l'asphalte, naissait la sylvothérapie.

Moi aussi, j'ai été un petit prophète. Il fut même un temps où tu goûtais mes slogans : «Vivre sans temps mort et jouir sans entraves», «Je prends mes désirs pour la réalité car je crois en la réalité de mes désirs», «Il n'est pas de pensées révolutionnaires, il n'est que des actes révolutionnaires.» D'accord, je cédais peut-être à la douceur des illusions. Aujourd'hui, mes slogans glissent sur des pavés usés d'avoir tout vu : la plage des étudiants, le bitume asphyxiant, les passants négligents. Rien de nouveau dans l'étuve : je roule des mécaniques, je roule des clopes, je roule pour moi. Quand tu te plains, je te roule un patin pour te faire taire. Si je n'ai pas le courage de te prendre la main, c'est peut-être qu'à mon âge on remet à demain. On remet à toujours dès que c'est important.

Nos enfants vont être contraints de s'entre-tuer. Prendre une douche deviendra délictuel; un bain criminel. Notre fils : «Il faut deux litres d'eau pour produire un litre d'eau dans une bouteille plastique, cinq cents litres d'eau pour produire un litre de soda, mille cinq cents litres pour un steak. Les deux derniers nous rendent malades. Le cycle infernal du steak : déforestation (avec son lot de violences envers les habitats humains et non humains), labourage (perte de 30% de l'humidité de la terre, destruction d'autres habitats), pesticides à outrance pour la monoculture, élevage industriel (dans des conditions intolérables), en fin de course maladies cardiovasculaires et cancers pour le consommateur (coût en hausse pour le système de santé). Le plus grave, pour ne pas dire le plus honteux, est que tout ce système délétère est subventionné. Tout est nocif dans la production de viande. Et celle-ci ne fait qu'augmenter dans le monde. Combien de temps vas-tu laisser ton argent engraisser un système qui a tout faux?»

Encore lui : «Chaque fois que tu manges, tu as entre les dents le pouvoir de transformer le monde. Chacune de tes bouchées est susceptible de réparer ou d'aggraver la situation, car chacune de tes bouchées équivaut à huit milliards de bouchées. Chacune de tes bouchées pèse dans un sens ou dans l'autre sur le changement climatique, la santé des humains, et celle des non humains. OK : tu ne peux pas toujours pisser sous la douche, éviter de te déplacer de façon polluante, de produire des déchets, mais tu peux toujours choisir ce que tu vas manger. Il ne s'agit pas ici de juger ceux qui mangent de la viande, des œufs ou des produits laitiers. Il s'agit simplement de te faire prendre conscience de l'effort infime que constitue ton choix comparé aux spectaculaires bénéfices engendrés. En fait, tu as ton mot à dire par le biais de chacune de tes bouchées. Je sais, papa, on ne parle pas la bouche pleine! Je le fais cette fois pour t'arracher à ta complicité passive. Ne pas t'interroger sur les implications de ce que tu avales trois fois par jour revient, oui, à soutenir un massacre de masse.

Toutes tribus confondues, c'est en milliards qu'il faut compter les mises à mort liées au seul plaisir de manger de leur chair. Il faudra répondre un jour de ce carnage. »

Toujours lui : « La guerre de l'eau a déjà commencé. Le plus comique, si ça n'était pas tragique, est qu'on se bat pour une eau polluée. Quand on épand un champ de biocides, la pollution de l'eau se retrouve en amont. Oui, en amont. Plus haut. Plus bas aussi. Beaucoup plus bas. Dans les nappes souterraines. Les chimistes inventent des produits de synthèse dont tu n'imagines pas la perversité. Comme tout ce que produisent les industries chimiques, le lien de cause à effet est tellement décalé dans l'espace et dans le temps qu'il est impossible de monter contre eux un dossier juridique solide. Malgré les poissons à la surface, les oiseaux intoxiqués, les cancers et les scandales à répétition, ces industries continuent leurs activités criminelles. Leurs casseroles ont provoqué un empoisonnement mondial. Nous sommes obligés de prouver ce dont on meurt sans le savoir. Un avocat n'a pas lâché l'affaire jusqu'à ce que le mastodonte en question soit condamné. Il a payé. Une misère, comparé à son chiffre d'affaires. Il a indemnisé des pauvres gens, déjà morts. Et puis, il a changé de nom. On prend les mêmes et on recommence. Au nom de la croissance et avec la bénédiction du gouvernement. »

Je n'en peux plus d'être la cible de mon fils aîné. J'ai besoin de vacances. Viens, je t'emmène en Égypte. Mais l'Égypte, ce n'est plus les vacances. Plus de temps pour les vacances. Leur nouveau mantra, c'est qu'il faut te sauver, te sauver, te sauver ! Quand ils parlent de te sauver, c'est à eux qu'ils pensent en priorité. Après Paris et je ne sais où encore, ils se réunissent pour la vingt-septième fois pour discuter de ton cas et, je le crains, du mien. En Égypte. Là où ceux qui prennent ta défense sont régulièrement arrêtés. Ils m'ont demandé de venir seul afin que tu puisses te reposer, donc ce sera sans toi. Et sans la moitié de l'humanité : ton amant chinois et ton amant indien n'ont pas fait le déplacement. Leur absence est un message : « Qu'elle crève ! » Un message hara-kiri. Un suicide par contumace. Où qu'on se terre, on ne t'échappe pas.

À peine arrivé, j'ai été embarqué. Direction Charm El Cheikh. Mis en garde à vue. On me l'a joué « Good Cop/ Bad Cop », reproché de t'avoir colonisée, mise sous tutelle, exploitée. J'ai rappelé que tu étais ma femme. On m'a répondu que tu étais la femme de tous donc de personne. Un autre On a débarqué. Il m'a fait un grand discours pour dire que c'était honteux ce qu'On te faisait. Il était très fâché contre ce On. J'ai demandé de quel On on parlait ; il m'a répondu On. On était donc juge et partie.

J'ai plaidé ta cause devant ces autorités aux pronoms toujours plus impersonnels, rappelé que tu étais nubile, formée, libre d'être mienne. C'est là que résiderait tout le problème : d'après On, ne me demande pas lequel, à peine pubère, je t'aurais exilée de ton corps, vidée de ta jeunesse, expulsée de tes racines, et aujourd'hui c'est à On, les deux je crois, qu'On demande de ne pas avoir accès à ta sève alors qu'On, l'un des deux c'est certain, commençait à peine à y goûter.

Leur numéro de GoodOn/BadOn a fini par me faire craquer : j'ai reconnu t'avoir abusée et accepté que ce soit désormais chacOn son tour. Sans un sou, j'ai fait comme tout homme politique : j'ai promis des subventions et des indemnités. Il y a, comme ça, des mots-clefs qui ouvrent des serrures forgées à l'ombre d'un compte bancaire exsangue. Ons m'ont relâché sur la plage. J'y ai rencontré la tortue Jonathan, 190 ans, l'animal terrestre vivant le plus âgé. Après toi, bien sûr.

Je leur ai trop parlé. Quand je l'ouvre, je te livre. Parler, c'est mentir. La seule façon de cracher une vérité est de ne rien dire. Me coudre les lèvres. Parler, c'est fuir, ne pas être étanche. Je parle de toi quand j'ai honte de moi. J'utilise des mots-valises pour rejouer notre voyage de noces reluisant de promesses, scintillant de mensonges.

Ça t'aurait plu, l'Égypte : pas un seul moustique sur le pare-brise. C'est pour ça que je ne fais toujours rien ; ou si peu. Je me dis : il fait plus chaud, pas désagréable ; moins d'insectes, tant mieux. Certes, ici et là, le lucre révèle quelques ossements lointains. À l'horizon, les bidonvilles s'aplanissent d'un revers de la main du maréchal en place. C'est leur malheur, pas le mien. Il ne me concerne pas. Il me provoque de temps à autre à travers l'un de mes écrans de plus en plus plats, mais leurs voix enrouées ne portent plus. Elles sont relayées par celles de nos enfants. Ils affirment que ta catastrophe sera définitive. Pourtant, je n'arrive pas à être inquiet. Il y a quelque chose d'excitant à tutoyer l'abîme.

J'aime tellement ça que je n'en finis pas de m'ériger vers les nuages. Pas sûr qu'ils acceptent encore longtemps que nos architectes viennent leur gratter le ciel. Au dernier étage, j'ai vu des pyjamas pendus à leurs étoiles. L'immense cimetière n'en peut plus d'être profané. Un soir, le marbre de leurs tombes s'abattra sur nous en trombes. La colonne des pyjamas rayés se fera ouragan et vengera les mémoires offensées par ceux qui refusent d'apprendre les leçons du Veau d'or et de la tour de Babel. De toute façon, ça fait longtemps que, à force de construire sur ta faille, on ne parle plus la même langue que toi.

L'immeuble ne cesse d'être rehaussé et les appartements d'être divisés. On était vingt, on est deux cents. La démographie galope. Les chiffres règnent. Mon banquier me convoque et me demande des comptes. Comme je les tiens mal, il m'embrigade dans un coaching où je suis brain-stormé d'e-banking, de mapping et d'amouring. Même l'amour s'excellise. Même l'amour doit accoucher d'un gagnant. Le comble est que c'est précisément parce qu'on a gagné contre toi qu'on va tous perdre.

Les banquiers se mettent à définir les contours de ma culpabilité. Ils nient le fait que c'est leur violence que j'ai exercée à ton endroit. Ils m'intiment d'ériger, à mes frais, une clôture pour te protéger de moi. Ils m'exilent alors que je vis de toi depuis des générations. Ils ont armé mon bras, financé mes exactions, et aujourd'hui ils viennent me faire la leçon !

Tout ce monde de la finance m'explique que mon désir est ta souffrance, que je ne dois plus me considérer ton roi, mais ton laquais. Ils me font lire la requête des autorités égyptiennes leur demandant de me mettre hors d'état de te nuire. Pour m'empêcher de t'exploiter, ils suggèrent de t'encadrer dans un musée. Pour l'instant, la finance repeinte en vert a décidé de m'interdire l'accès à ta chambre. Je n'y aurai accès qu'à certaines heures et à certaines conditions. Ils ne comprennent pas que te surprotéger te nuit autant que t'abuser. Quand on arrête de se parler, on se tire dessus. C'est toujours toi qu'ils visent dans ce cas-là.

Je sonne à l'heure autorisée. Tu ouvres et je veux tout savoir. Je te bombarde de questions sans points d'interrogation. Je t'enjoins de m'expliquer sur-le-champ cette mascarade, ce revirement de situation, cette mise en scène grotesque de notre relation. À peine retrouvée, je te palpe, te tripote, te bouscule. Tu dis que je te fais mal et tu me montres un boîtier avec un bouton pour me faire évacuer. Ma liberté dépend de toi, alors je feins de t'écouter. Je fais semblant d'essayer de te comprendre. Je m'intéresse à toi, j'en fais des tonnes, je jure de t'apprendre par cœur.

Tu dis : « Les mecs sont tous comme toi. Ils se comportent bien en décalé. Quand c'est trop tard. Quand ils sont passés du statut de dieu au statut de merde. Quand ils se sont révélés. Les mecs demandent toujours une deuxième chance à la femme qu'ils ont abusée. Ils ne comprennent pas qu'ils en sont à la dixième et que la chance n'est plus de la partie. » Ces mots ne sont pas de toi. Tu ne t'exprimes pas comme ça. J'en ai marre de tous ceux qui te soufflent notre vie. On était mieux sans eux. Je te propose de prendre de la distance avec ceux qui exercent sur toi cette tyrannie affective. Tu dis que je te fatigue, qu'il suffit de quelques minutes pour que je t'épuise, que tu vas te reposer.

Pendant que tu te reposes de moi, je fouille ton sac à main, j'ouvre ton courrier au scalpel, je viole ta correspondance. À la lumière du jour, je crame la pellicule de tes secrets, j'essaye de déchiffrer tes négatifs, mais ton envers m'est tout aussi opaque que ton endroit. Je dois me rendre à l'évidence : je ne sais rien de toi. Trop tard pour l'arbre de la connaissance, je l'ai scié mille fois. Alors je me hâte vers toi, je me hâte quand il faudrait enfin ralentir et me tenir à distance de ton ombre blanche qui précède mes pas.

Afin de m'ancrer dans ta lenteur, je décide de marcher à genoux. Pour m'exercer à la maison, pardon à ta maison, je fais le tour de la propriétaire. À force de marcher de plus en plus bas, tu m'apparais telle que tu es : plus grande. N'ayant plus comme horizon que ta matrice, je respecte davantage ta source. Je te promets un avenir différent. Un jour, un jour de grand vent, je te promets de danser comme un derviche, de tournoyer tel un ouragan, de fixer dans l'œil le cyclone que j'aurai fait de toi.

Je compte sur ton pardon et sur ton amour. Mais ton amour pour moi avance à reculons. Tu dis qu'il commence par le mot *FIN*. Tu dis que ça n'est pas un concept de romancier. Que tu n'as plus le temps pour ces frivolités-là. Tu dis que notre amour commence par le mot *FIN* parce que c'est comme ça que notre amour va désormais s'écrire. Avec rien après. Plus rien. Fini. Tu dis : «Notre amour s'est passé avant. Notre amour a vécu et il est mort de toi. De m'avoir fait la guerre sous prétexte de me protéger.» Tu dis : «Je n'ai plus de frontières à t'offrir derrière lesquelles te retrancher. Tu n'auras bientôt plus rien. Tu seras sous peu un drogué sans came. Un boxeur sans punching-ball. Un cavalier sans monture. Un sans moi. Tu seras mon dernier amant.»

Notre chambre a changé pendant mon absence. Elle est embouteillée. J'ai moins accès à toi. De plus en plus de femmes à ton chevet. Tu dis qu'elles t'offrent de la bruine et des évidences obscures qui t'illuminent parfois. «Avec elles, j'ai encore envie de croire aux gouttelettes de l'avenir. Elles savent me maquiller sans me défigurer. Elles réfutent tes mensonges, mais, ne t'inquiète pas, elles ne passent pas leur temps à t'accuser. Elles agissent, c'est tout. Elles agissent en mon nom. Elles épluchent leur temps sans se faire rétribuer. Quand l'été n'en finit plus de mourir, elles empoignent un crayon et dessinent des réponses. Ça vaut mieux que tes torrents d'autoroutes efficaces qui nous ont toutes menées vers des impasses. À la fin de l'été sans fin, ces femmes neigent à verse et ça fait du bien.»

Sous prétexte de me sauver de toi, ces nouvelles infirmières en blouse verte tirent sur mes rênes, m'imposent le trot, moi qui ne connais que le galop. Quand elles me plantent devant toi, je retire mes lunettes pour rendre ton visage un peu flou. Je ne peux plus le voir en peinture, ni en musique, ni en littérature, ton visage. Je m'obstine à vouloir le recréer comme avant, mais je ne supporte plus sa gangrène sous mes doigts. Alors je consulte. Un mandarin me propose d'intervenir. Il me vend des implants pour ton crâne et d'autres pour ta bouche. J'investis dans une blépharoplastie, aussi douloureuse que coûteuse, chirurgie esthétique des paupières décidée un jour de déprime. Le chirurgien me l'a garanti : ton regard est censé ne plus jamais se faner. Demain, si la déprime reprend, j'irai te faire recoller les oreilles, redresser le nez et gonfler les lèvres. Tu deviendras parfaite, une face pulpeuse et lisse; une grande brûlée. Viendra le jour où, comme toi, je sourirai d'un blanc trop transparent.

Pour ne plus te nuire, une jolie blouse blanche me suggère de m'enfuir, de m'enfouir, de m'expatrier profond. Au lieu de ça, au lieu de me laisser racoler par cette sirène, je persiste à me hisser vers toi. Je pénètre à reculons dans l'impasse de mes répétitions. Honteux, je te déblatère un torrent d'excuses que je fais passer pour des fatalités. Je bafouille que je ne comprends pas ce que je ne comprendrai jamais. Tu fais semblant d'acquiescer comme font toutes celles et ceux lassés de leur conjoint qui ne trouve pas la décence de partir. Mes faux départs sont autant d'avortements qui, précisément, ne donnent naissance à rien, rien d'autre qu'à de faux retours que je mets en scène pour masquer l'indigence de ma prestation. Chaque jour, à l'issue de mon temps de visite légale, je te renouvelle mes faux adieux, comme une star écornée en mal d'actualité.

Tes médecins m'agressent. Au nom de leur sacro-sainte urgence, ils m'obligent à les écouter. Ils disent que, bientôt, ils n'auront même plus de mots pour t'expliquer. Quand ils t'auscultent, je fais semblant de les prendre au sérieux, bien sûr. Mais quand ils ont le dos tourné, il m'arrive de rire nerveusement. Un médecin m'a convoqué : «Rira bien qui rira le dernier.» Il doit savoir que je suis ton dernier amant. Il m'a forcé à le suivre à ton chevet. Je lui ai crié : «N'allumez pas!» Il m'a demandé pourquoi. J'ai dû lui avouer que j'avais moins honte de moi la nuit. Le jour me projette tes cicatrices. Les mal-nommées puisque tes blessures ne cicatrisent plus.

M'agenouiller à ton chevet est un effort trop intense. C'est devenir étranger à moi-même. L'autre. Celui que j'ai construit de toutes les pièces que je t'ai volées. Celui qui croit qu'il peut se passer de toi. Je sais, c'est compliqué. Mais je suis compliqué. Tu le sais mieux que quiconque. Tu m'as sur le dos depuis une éternité. Sur le ventre aussi. Comme un viol permanent.

Tu me supportes depuis trop longtemps. Dans les deux sens aussi : le français qui est de recevoir mon poids sur toi, et l'anglais qui est de m'encourager. Pour me débiner de mes responsabilités, j'affirme que je te supporte en anglais, alors que plus je te supporte en anglais, plus tu dois me supporter en français. Ça ne fait plus sens, tous ces supports. Plus et moins, ça donne moins. Je finirai par m'annuler. Si ça n'est déjà fait. C'est déjà fait. Ça m'apprendra à mal parler ma langue. À ne plus savoir ce que je dis, je ne sais plus ce que je fais.

Aujourd'hui, ton médecin m'a convoqué, l'air grave : tes bouffées de chaleur seraient contagieuses. Ta fournaise réfléchirait sur moi, augmentant ta température que je te renvoie à mon tour. Je la sentais venir, cette nouvelle infection : la ménopause par procuration. Je n'arrive plus à me thermoréguler. Mes nuits sont devenues plus courtes. Ton médecin s'arroge de nouveaux pouvoirs. Il instaure un couvre-feu. Il rogne mes libertés individuelles. Je ne me souviens pas avoir voté pour lui. Il me tient responsable de t'avoir brûlée dehors. Ton burn-out fait que je suis victime d'un burn-in. Il me prescrit un traitement contre l'hyperthermie. Une fois de plus, c'est moi qui dois faire tous les efforts.

Nos petits prophètes doivent subir le même traitement. Oui, y compris notre fille de huit ans. Ménopausée, elle aussi. Son exposition à ta chaleur sera multipliée par quatre dans dix ans. Le médecin dit qu'il faut déjà préparer son petit organisme à tes pics de température. Quand je demande pourquoi, il me répond que tu es déréglée. Et là, je t'avoue, je n'arrive plus à le suivre : comment peux-tu être déréglée et ménopausée à la fois ? Il en rajoute une couche : ton dérèglement dérègle notre fille. Pour continuer à vivre avec toi, il va falloir l'exposer à des stress thermiques, et l'obliger à suivre les mêmes entraînements que les militaires en milieu hostile. L'objectif est de la stresser régulièrement pour l'habituer à tes dérèglements. Où veux-tu que j'aille trouver les mots pour expliquer à notre fille tout le mal que tu lui fais ?

Comme tu as changé depuis que nous ne vivons plus ensemble. Comme tu es devenue inattentive ! Nourrisson, elle en a passé des nuits dans ton lit sans qu'il lui arrive jamais rien. Aujourd'hui, ton coup de chaleur est si violent qu'elle ne parvient même plus à transpirer. Son sang peine à la rafraîchir. Ses organes lâchent les uns après les autres. Sa peau ne cesse de rougir. Ton eau, devenue bouillante, ne sert plus à rien. Je n'arrive plus à lui caresser le front. Des échardes de fièvre me tiennent à distance. Notre fille est devenue volcan.

De la lave déborde de ses yeux de soufre. Elle vomit des fumerolles. Elle ébullit. Sa fusion ne peut se décrire qu'à l'aide d'un verbe qui n'existe pas. Elle ébullit tel l'abcès de ma honte. Elle ébullit de toute la chaleur dont je suis l'auteur, impuissant face à sa combustion. Elle ébullit de toute la chaleur… j'arrête… les lettres fondent à leur tour.

Aux urgences, je prie égoïstement pour que l'agonie de notre fille dure des pages, des chapitres entiers, des encyclopédies. Rattraper tout ce temps perdu à ne pas la voir quand elle allait bien, quand elle n'avait rien. Je prie de lui être utile, de prendre soin d'elle, de devoir la réhydrater pendant des décennies. Je prie pour que ce qui lui arrive procède de la fiction, qu'elle devienne l'argile d'un personnage dont je puisse malaxer le destin. Mais, non : aux urgences, une blouse trop blanche m'apprend qu'elle n'est plus une urgence. Froideur de l'annonce : notre petit volcan s'est éteint.

Notre petit volcan s'est éteinte. Il n'en reste plus qu'un cratère enseveli sous mes prières. Pour la première fois, pour la toute première fois de mon insolente vie, je prie sans intérêt. Je prie dénuée d'elle, je prie l'âme rageuse et dévastée, je prie qu'on ne me pardonne jamais. Quand j'ai perdu mon père, j'ai pleuré sans prier. Mes pleurs prenaient appui sur des rituels administratifs. Quand j'ai perdu mon père, outre-douleur, c'était dans l'ordre des choses. La perte de notre fille est dans le désordre de toutes choses. À commencer par sa fulgurance. Je ne t'en accuse pas. Je suis seul responsable de sa fin foudroyante. Seul responsable de sa sidération. Seul responsable, c'est tout.

Un père ne devrait jamais avoir à lire le dernier chapitre de sa fille. On ne guérit pas du deuil de son enfant. Comme après l'ablation d'un organe, on demeure affaibli. Le manque élance. Ma fille s'est évaporée en ignorant combien j'avais besoin d'elle. Sa disparition est une pénurie, une carence. Contre nature, contre toi.

Le séisme de son absence à perpétuité durcit la moelle de mes os. Mon cœur ne bat plus, mais des lambeaux de vaisseaux s'obstinent à irriguer ce cœur paternel condamné à la vie sans. La vie sans… La vie sans… La vie sans ailes. La vie sans L puisque cette lettre désormais consumée avait l'honneur de figurer deux fois dans son prénom. Je prie pour notre divinité devenue ineffable. Je prie comme tous tes derniers amants ; trop tard. Je prie en parsemant sur sa tombe les débris de sa pierre que je n'ai pas eu le temps de graver.

Orphelin de fille, je me suis rapproché de ma vieille mère. Programmée ou pas, son obsolescence se traduit par des histoires qui tiennent chaud. Elle les raconte en boucle. Elle aurait perdu la mémoire. Ça tombe bien : il est hors de question qu'elle se souvienne de sa petite-fille. De toute façon, à l'hôpital, on m'a répondu qu'à cet âge-là on ne réparait plus. J'ai sorti ce qui venait : « une mère de rechange ça n'existe pas », « elle n'est pas jetable », « je n'ai plus les moyens d'en acheter une neuve ». Depuis que j'ai perdu celle qui me suit, je ne sais plus où aller. Si je perds celle qui me précède, je ne saurai plus d'où je viens. Si tu m'abandonnes à ton tour, je ne saurai plus où je suis. Jure-moi que tu n'es pas à l'origine du démantèlement des femmes de ma vie.

Ma mère ? Elle va très bien, merci. Elle vieillit. Ce qui ne m'arrivera peut-être pas. Ce qui arrivera encore moins à l'enfant qui nous reste. Et, bien sûr, encore encore moins à nos petits-enfants. J'ai lu ça sur le visage parcheminé de ma mère. Ses rides dont elle se plaint tant seront bientôt un luxe inaccessible. Une voix s'est approchée de moi et m'a dit : « L'absence de rides, c'est pas si grave que ça. » J'ai répondu que rien n'était grave depuis l'évaporation de notre enfant causée par tes chaleurs. J'ai essayé d'expliquer à la voix ce qui ne s'explique pas : l'imprononçable tétragramme de notre fille que j'invoque en vain. La voix m'a dit que d'autres espèces tuaient leur progéniture. Ça ne m'a pas consolé ; il y a des murs que je préférerais ne pas traverser.

Je suis allé à l'hôpital pour ma mère, mais c'est moi qu'ils ont gardé. Transféré dans une autre aile. Sous contrôle judiciaire avec interdiction de quitter la « maison de santé. » C'est comme ça que ton médecin appelle le pavillon où il a réussi à me faire interner. Sadique, il me dit que l'appellation « maison de santé » me correspond mieux puisqu'il s'agit là d'une étape avant que la prison de la Santé ne devienne ma maison. Je lui rappelle que je viens de perdre ma fille et que je fais déjà l'objet d'une mesure d'éloignement à ton endroit. Il répond : « Justement. Cette mesure a montré ses limites. En sus des coups et blessures à l'encontre de votre femme, j'ai porté plainte pour homicide volontaire avec préméditation. La préméditation requalifie le meurtre de votre fille en assassinat. Cela fait des décennies que des scientifiques vous mettent en garde et, pourtant, cela fait des décennies que vous préparez votre crime. » « Mais je n'ai rien fait ! » « C'est en grande partie ce que l'on vous reproche et vous le savez mieux que quiconque. Vous n'avez rien fait tout en continuant à mettre en place toutes les conditions de cet assassinat. Votre inaction comme votre action sont toutes les deux des circonstances aggravantes. »

Le choc de mon inculpation médicale a entraîné un AVC. Le chef de service a débarqué à toute blinde à la tête d'un troupeau de blouses blanches. Comme l'hôpital se fout parfois de la charité, il a décrété que mon AVC était dû à la vitesse avec laquelle j'avais toujours vécu et il est ressorti aussi vite de ma chambre-cellule. Depuis, pour me soigner, à chaque rechute, il débarque en trombe. Il me demande de ralentir tout en singeant ta grande accélération. Il m'accuse d'avoir passé ma vie à encombrer les urgences. Pour tout et n'importe quoi. N'importe quoi surtout. Son diagnostic est juste : la vitesse, c'est à cause de moi. La vitesse du monde, c'est à cause de moi. Les urgences sont une gare de tri. Trier devient violent. La vitesse engendre la violence. Juste retour de bâton : je crèverai d'être soigné si vite.

De toute façon, ça fait un bail que ton lit ne veut plus de moi. Il a durci sa mousse, grippé ses ressorts. Il a sculpté pour l'éternité la forme trop étroite de notre fille et ne me laisse plus d'autre choix que de rêver plus bas. Chaque nuit, je me recroqueville en fœtus sur le carrelage de ma chambre close. J'y noircis les carnets de mes sous-sols ; j'y retranscris les méandres peuplés de notre petite ombre qui ne me quitte plus. À l'hôpital, je laisse le chef de service me parler de mon effondrement. Sans le savoir, comme pour m'enfoncer davantage, même quand il me soigne, il ne cesse jamais de faire allusion à toi.

Pour ma défense, il n'y a pas si longtemps que ma course à la vitesse s'est enclenchée. Ça m'aura pris à peine deux cents ans pour anéantir ce que tu as mis des centaines de millions d'années à créer. À l'hôpital, ceux qui surveillent mon taux de vitesse dans le sang me servent du fast-food pour aller moins cher. La rapide-nourriture rassemble tous mes méfaits : un plateau en plastique pour l'enlaidir, un travail d'automates jusqu'aux mots en uniforme qu'ils prononcent, des tonnes de chair broyée. Planté dans les hauteurs du mur blanc-gris, l'écran ténébreux de la télé muette reflète Adam sur mon corps perfusé. Comme un cygne au fond du ciel, le premier amant glisse sur le silence de ma cage aseptisée.

Ceux qui me nourrissent et ceux qui me soignent me maintiennent à ce stade intermédiaire de plus jamais en bonne santé mais pas tout à fait mort. En parfaite bonne santé, ça n'existe plus. Nulle part. Pas plus moi que toi. En parfaite bonne santé, de toute façon je ne les intéresse pas. Mort non plus. Leurs médicaments, c'est comme leurs pesticides : il faut les prendre toute sa vie quand on a commencé. Leur business model : «Vous ne pourrez plus jamais vous passer de nous.»

Leur jeu : nous faire perdre du temps. Ils savent que je n'en ai plus. Ils gagnent à tous les coups. Même quand ils perdent, ils refusent de perdre. Comme l'ex-Roi d'Amérique. Ils n'acceptent pas le verdict des urnes. Même funéraires.

Il n'y a pas que moi qui subis leur thérapie. Ils ont décidé de tous nous irradier. Tous. Toi, moi, nos enfants, ceux qui restent, mais aussi poissons, oiseaux, mammifères, insectes, toutes tes tribus ; la vie sous aucune forme ne doit leur échapper. Comme toute thérapie, ils disent que c'est pour notre bien plus, pour manger plus, croître plus, créer des emplois plus. Je participe à cet empoisonnement plus en les laissant me gaver de pilules sous prétexte de me soigner du poison qu'ils m'ont inoculé. Toujours plus de pilules à avaler pendant mon dîner express ultra-transformé.

Après avoir exterminé toute mouche à l'aide d'un marteau-piqueur, ils détruisent systématiquement tout ce qui se trouve sur leur chemin. Leur chimie est leur chemin. Leur chimie est pire que le plus gros des marteaux-piqueurs à mouches. Leur chimie contamine ton sang mien, tes poumons miens, ta vessie mienne, tes racines de mes fruits, l'air de mon eau. On peut s'engueuler tant qu'on veut, on est indivorçables. Je ne m'évaderai pas de toi. L'hôpital, cette prison sans barreaux, est sans issue.

Je ne me suis jamais senti aussi mal, mais pour eux je suis guéri. Du coup, on m'a transféré à la maison d'arrêt. Elle porte bien son nom ; elle me protège de moi-même, de mon insatiable besoin de faire. Mon procès peut commencer. Mon procès va commencer. Mon instruction a été bâclée, un avocat commis d'office. Il est jeune ; pas bon signe pour moi. Au bout de quelques jours, il fait jouer sa clause de conscience au motif que j'en serais dépourvu. Il est remplacé par une avocate, ce qui n'augure rien de bon pour l'homme blanc de cinquante ans qu'elle est obligée de défendre. Elle me conseille de ne pas prendre la parole, d'en dire le moins possible, de te laisser parler.

«Il n'a jamais cessé de me faire la guerre. Il me battait. Il me terrorisait sous prétexte de me défendre contre des invasions qui n'existaient pas. Mon pire ennemi ne venait pas d'un autre pays, d'un autre monde, d'une autre planète. Non : mon pire ennemi se trouvait dans ma maison, dans mon salon, dans mon lit. Mon pire ennemi, c'est lui. Je le savais bien avant qu'il ne naisse. Ça fait des siècles qu'il pollue ma paix en machinant des querelles pour faire distraction, qu'il me pille pour financer des altercations qui n'altèrent que moi, qu'il invente des menaces qui n'ont jamais eu lieu que dans son imagination, qu'il échafaude toutes sortes de stratégies pour survivre. Survivre à quoi? Survivre à qui? Survivre à cette désolation que trace son sillon. Il compte sur moi, en fait. Il compte toujours sur moi. Sur mon pardon.»

« Comment lui pardonner ma fille ? On s'était déjà rendus aux urgences pour l'hydrater sous perfusion. Le service était plein de Libanais, tous en stress hydrique. L'un d'eux m'a dit qu'il venait d'enterrer son dernier Cèdre. Mon mari, ça l'avait impressionné. Il ne pouvait plus dire qu'il ne savait pas ou que c'était ma faute. Depuis, il s'était engagé à hydrater régulièrement notre fille. Au lieu de ça, il a continué à boire et à me frapper pour avoir accès à l'eau que je gardais pour elle. Il a pompé dans mes ressources, plus exactement dans mes sources non renouvelables, mes réserves d'eau fossiles. Et puis, comme tous les soirs, il est sorti cramer mes économies. Il m'a forcée à venir avec lui. Me faire souiller par d'autres. Il a enfermé notre fille, il l'a laissée s'imbiber de chaleur, rôtir comme une chienne fenêtres fermées sur le parking d'un supermarché. »

Tu fais face au jury : « Croyez-moi : il sera bien le dernier. Certes, il m'a semée pour me multiplier. Il a eu recours à la magie et aux pires devins. Je me retrouve avec tous ces clones de nous. Ils s'abreuvent de moi comme si j'étais la mamelle perpétuelle. Pardonnez-les : ils ne savaient pas. Il les a incités à m'abuser en leur léguant une mère ravagée, décimée, une esclave. Une enclave dont ils ne sortiront jamais. En me tétant, ils finissent de dépecer leur héritage. Il leur laisse des dettes à vie. Des dettes à mort. En me polluant l'âme, il les a empoisonnés. Ça fait longtemps que mon lait a tourné. Il est le dernier des derniers. Le dernier amant. Le dernier qui savait et qui a continué. Son endettement à mon égard n'est pas que financier. Jusqu'à quand allez-vous lui faire crédit de mon débit ? »

Mon avocate te demande si je ne me suis pas mieux comporté pendant la pandémie. «C'était pire! Pour nous protéger du virus, l'État nous avait incarcérés chez moi. Chez moi, c'était devenu chez lui. Il m'avait forcée à mettre le bail à son nom. Mon seul virus, c'est lui. La preuve : pour m'avoir infectée à répétition, avant son voyage en Égypte, il avait fait l'objet d'une première injonction d'éloignement. Mais, à ce moment-là, aucune sirène n'est venue le chercher. Les policiers étaient occupés ailleurs. Ils verbalisaient ceux qui ne portaient pas de masques. Ils auraient mieux fait de le museler. Ils auraient même dû le dégriffer. Ils ont sous-estimé le péril de ses ongles, de ses doigts, de ses mains quand elles s'approchent de moi. Le 3919 sonnait occupé. Pendant trois mois, on s'est regardés en chiens de faïence. Lui le chien, moi la faïence. À longueur de journée, je subissais l'obscénité de son regard.»

Au tribunal, je n'arrive plus à le soutenir, ton regard. Mes paupières abdiquent tel un rideau qui s'abat sur scène après le dernier acte. Pourtant, je me refuse à croire au dernier acte. Je compte bien jouer et rejouer. Monter et remonter sur tes planches même si elles sont pourries. Monter. Ce besoin d'aller toujours plus haut. De me hisser sur toi. Je me suis tellement élevé grâce à toi.

J'ai laissé notre fille alitée. Comme toi, au début, elle avait un peu de fièvre. Je me disais, un degré, deux degrés, qu'est-ce que c'est ? Un petit réchauffement, tout au plus. Aujourd'hui, tes avocats parlent d'un infanticide, d'un crime contre leur humanité. Notre médecin de famille est appelé à la barre.

On ne peut pas douter de son impartialité. Il confirme le diagnostic qui a été posé : tu es ménopausée. En avance, très en avance, mais il assure que ce n'est pas ma faute, qu'il s'agit d'une tendance lourde aujourd'hui. Que tout s'accélère. Aucune femme ne serait épargnée. Les menstruations des filles déboulent plus tôt et par voie de conséquence elles disparaissent plus tôt. CQFD. Pas besoin d'être gynécologue pour le comprendre. «Les règles n'obéissent plus à aucune règle.» Tu te souviens, il m'avait tendu une ordonnance.

En me tendant son ordonnance, il m'avait dit que tu n'épargnerais personne, que tu allais transformer ma vie en enfer. «L'enfer, c'est plus les autres. L'enfer, désormais, ce sera elle.» Comme je me refusais à l'idée que tu deviennes mon enfer, il m'avait dit que tu allais noircir mon avenir comme les pages d'un roman que je ne pourrais plus lire. Sur son ordonnance, il avait écrit *Fahrenheit 451*. Il m'avait prescrit de t'en dissoudre un comprimé avant chaque repas. Le traitement ultime contre la ménopause. La fournaise pour traiter ta canicule. Je crois que c'est ça, le principe de l'homéopathie. Tu vois, j'utilisais des méthodes douces pour te soigner.

C'est au tour de la directrice du Planning Familial de venir témoigner. Elle commence par demander au juge de prononcer notre divorce et regrette même que tu ne puisses pas me répudier. Le président lui fait remarquer que le pénal ne tient plus le civil en l'état, et que, par conséquent, tes avocats ont toute liberté pour intenter une action au civil, mais que ça n'est pas de son ressort. Elle l'écoute à peine, rétorque que ça n'est pas d'un juge aux affaires familiales dont tu as le plus besoin, mais d'un tribunal international, mondial, universel, lunaire, martien, que tu n'es pas la seule, que Vénus a déjà été harcelée, que des milliardaires la convoitent, que certains s'envoient en l'air pour occuper l'espace avant tout le monde, qu'ils s'enorgueillissent de commercialiser des vols extraterriens vendus à prix de diamants à des terriens extras, qu'un homme a acheté sa place vingt-huit millions de dollars, mais que personne n'a osé lui dire qu'il s'était fait bezos, lequel promet de promouvoir le tourisme spatial. D'une voix solennelle, elle conclut son intervention avec cette phrase : «Après avoir défiguré le littoral et plastiqué l'océan, ils vont bientôt éteindre les étoiles.»

Une économiste, experte près les tribunaux, explique aux juges que la croissance est mon idole, ma poupée gonflable, que si on la perce à jour, sa laideur se dégonflera comme autant de mensonges retroussés. Elle affirme que ta croissance ne m'appartient pas, qu'elle n'appartient d'ailleurs à personne. Que la croissance, c'est toi. Que ça n'a jamais été que toi. À l'en croire, ma croissance, c'est tout ce que je t'ai extorqué pour faire sans effort ce que je n'avais pas besoin de faire : courir plus vite avec tes jambes, soulever plus de poids avec tes bras. Tous mes progrès, je te les dois. Elle assure que si j'avais continué comme ça, tu aurais fini par succomber. Mon avocate réplique timidement que tu es restée majestueuse. L'économiste lui répond que le jour n'est pas loin où ta majesté s'effondrera. Elle m'accuse de t'avoir fait trembler par pure gourmandise, de t'avoir prise en photo dans les pires postures, de t'avoir exploitée dans des terrains de plus en plus vagues, de t'avoir traquée là où tu manquais déjà.

Il y en a qui montent en première ligne pour se retrouver en première page. À la barre, une scientifique fait front avec tes avocats et demande que je sois poursuivi pour crimes contre l'avenir. Sa stratégie consiste à trouver un coupable pour endosser ce qui va t'arriver. Elle a déjà rassemblé toutes les pièces de mes crimes futurs. Son arsenal législatif s'abat sur ce que je n'ai pas encore commis au motif que ma simple existence te malmène. Mais la science aussi t'a maltraitée. Elle continue à le faire. Elle n'a jamais cessé. Quand elle t'embrasse, son haleine ne sent pas meilleur que la mienne.

Elle soutient que les avertissements scientifiques ne m'ont jamais freiné. Elle décrie ma course à la vitesse, toujours la même course, toujours la même logique, toujours les mêmes recettes, indigestes, pour gagner plus, pour gagner toujours plus. Pour gagner encore plus à l'abri des lois, elle me reproche, au prétexte de déménager, de t'avoir délocalisée, d'être parti t'abuser ailleurs. Moins cher, moins visible, moins audible, à une distance où tes plaintes s'amortissaient d'elles-mêmes. Elle affirme que, quel que soit l'endroit où je me trouvais, je ne pouvais m'empêcher de t'abuser. Que c'était plus fort que moi. Que je t'ai même laissée en proie à d'autres prétendants. Un libre-échangisme à grande échelle. Que je les ai laissés te mettre en laisse. Que le fait que tu aies été abusée par d'autres, plus loin, ne devrait en rien diluer ma responsabilité.

À ma décharge, ça fait quelques milliers d'années qu'une autre loi me demande de croire à ma toute-puissance. Mon avocate cite un extrait de la Genèse : « Soyez féconds, multipliez, remplissez la terre et l'assujettissez ; et dominez sur les poissons de la mer, sur les oiseaux du ciel et sur tout animal qui se meut sur la terre. » Il ne faut pas s'étonner que je sois devenu l'espèce la plus dangereuse. Nos textes fondateurs m'ont incité à te féconder, à te multiplier, à te remplir et à t'assujettir. Je pense, donc je suis maître et possesseur de toi. Ça ne date pas de moi.

Tes avocats m'accusent aussi du crime de lèse-vérité, une autre façon de t'abuser, selon eux. J'aurais eu recours à des faiseurs de doutes, des technowarriors, des geeks, des trolls. Je les aurais payés afin qu'ils concoctent une histoire fausse et qu'ils la propagent jusqu'à ce qu'elle devienne vraie. Ils expliquent aux juges comment ça fonctionne : il suffit de créer des comptes de personnes qui n'existent pas et de leur faire répandre des mensonges. Les personnes qui existent les prennent pour des opinions. Ça permettrait de faire élire un clown, d'isoler une île d'un continent, de salir quelqu'un à vie. Le président leur répond que le droit ne l'interdit pas. Tu vois : c'est légal de manipuler l'avenir.

Mon avocate en profite pour brandir la bonne vieille arme du doute. Elle me qualifie de «marito-sceptique». Ça sonne bien. Mieux que le «marito-négationniste» que tes avocats lui balancent en retour pour me faire porter la responsabilité de tout ce que tu aurais subi. Si mon avocate ne m'avait pas intimé de la fermer, je reconnaîtrais que oui, d'accord, je t'ai amochée, que je t'ai connue vierge et que je m'en gaussais, qu'il y avait quelque chose de jouissif à te déflorer, qu'on te prenait à plusieurs, qu'on ne te violait pas, qu'on te partageait. À l'époque, c'était très tendance de partager, tu sais. Qu'importe : tu as toujours été ma propriété privée. Je te partageais, te louais, puis te vendais pour mieux te racheter. Je te spéculais. Comme l'a reconnu le président, c'était légal d'abuser de toi ! Parfois même encouragé. J'ai eu beau te faire recoudre, tu ne seras plus jamais vierge. Quand on me demandait ton âge, je ne pouvais plus dire : «Elle a tant de printemps.» Tes étés sont devenus trop longs. Tu es à jamais déflorée. Oui, sans fleurs.

Tu es sans fleurs, donc sans fruits. Ton malheur constitue ta vengeance. Tu n'as pas fini de nous affamer. Oui, nous, tes violeurs en série. Mon avocate le rappelle à la cour : nous avions le droit avec nous. Nous avions tous les droits puisque c'est nous qui élaborions les lois. Dont celle de te piller. En s'enrichissant sur ton dos, on s'est tous appauvris. Un de tes avocats bondit : « Ce NOUS est une circonstance aggravante. » À l'écouter, on t'aurait violée en réunion même quand on organisait des grands-messes mondiales pour te sauver. On t'aurait violée dans des salles de conférences à l'acoustique absorbante. On t'aurait violée dans des amphithéâtres à air conditionné. On t'aurait violée entre chefs d'État, à coups d'Air Force One, Code One, COTAM 001, à coups d'avions et de voitures blindées tellement on te craignait. On t'aurait promis juré que jamais plus. On aurait promis comme des ivrognes qu'on ne te boirait plus. Et on aurait continué de plus belle à te saouler.

Un autre de tes avocats lui emboîte le pas. Il m'accuse d'infanticide alors qu'il s'agit, tout au plus, de négligence. Tes avocats plaident que j'aurais croqué toutes les pommes de ton jardin d'Éden. Qu'en te brutalisant, ce sont nos propres enfants que j'ai brutalisés. Que je les ai chassés de ton paradis. Que leur espérance de vie n'est plus. Il dit que tu ne supportes plus l'amour dans leur regard et que tu ne sais plus où aller les promener. Mon avocate objecte que tu es agressive, incisive, imprévisible. Un des tiens rappelle que tu ne fais que te défendre de toutes les agressions dont je suis l'auteur.

Mon avocate se révèle plus agressive, incisive et imprévisible qu'elle n'en a l'air. Elle a dans sa manche d'autres munitions pour égarer le jury. Elle a engagé des influenceurs qui se sont pris en photo devant toi. Leur message : rien n'a changé, tu es toujours aussi belle. Tes avocats avaient prévu cet argument. Ils contre-attaquent : « Leur story ne raconte rien ! Ces influenceurs devraient être poursuivis à leur tour. Ils ont partagé les coordonnées de notre cliente. Ce qui fait que leurs suiveurs se sont rués sur sa beauté préservée, sur sa peau de chagrin. Monsieur le président, une fois cette vidéo disséminée, ça a été la curée, le viol, toujours le viol, encore un viol en réunion. Un viol photographié, filmé, publié, transféré, figé pour l'éternité. Ce viol digital s'ajoute à tous ceux commis par l'accusé. »

Hors du prétoire, c'est la curée. Tes avocats se mettent à utiliser nos armes. Ils payent à leur tour des influenceurs qui traînent mon passé dans la boue des ragots sociaux. Coupable parce que j'étais. Coupable automatique parce qu'à l'époque j'étais dans l'époque. Gardé en vue pour ne pas avoir été gardé à vue hier en vertu des lois d'aujourd'hui. Au nom d'une morale qui n'existait pas. Une morale qui se pavane certaine de son bon droit, alors même qu'elle le bafoue. Ces procureurs autoproclamés tranchent la question avant même qu'elle ne me soit posée. Ils tranchent ma tête dans la foulée. Coupable de ne pas être en phase avec le prêt-à-penser. Comme toi, figé dans un cliché. Condamné au nom de ton futur auquel j'aurais déjà porté atteinte. Attaque d'autant plus violente que leur réquisitoire est proféré hors l'enceinte judiciaire. Ces juges anonymes piétinent la prescription, la présomption de mon innocence, et ma détention à venir qui, selon eux, n'aurait jamais dû être provisoire. Ils assènent leurs sentences définitives à l'abri de leurs écrans, planqués derrière leurs pseudos. Le genre de condamnation sans appel dont on ne se relève pas.

Je me lève pour l'énoncé du verdict. Mon signe astrologique me rattrape. Je suis Poisson ascendant Taureau. Après avoir été fuyant, me voici au milieu de l'arène. Les juges s'agitent autour de moi avec leurs banderilles pour créer un happy end. Comme si j'avais une chance de m'en sortir. Sur les gradins, le public frémit à l'idée que je puisse encore faire du mal. Les assesseurs détalent derrière leur rideau de bois avec leurs couilles plaquées en évidence pour faire croire qu'ils en ont. Le procureur me projette dans la lumière d'un autre sable encrassé de sang. Il agite son chiffon rouge qui me prend pour un con. Il radote la partition de son opéra de savon dont l'écriture commence toujours par la fin ; après, il n'y a plus qu'à remplir. Et moi, je fonce vers toi, ma sirène, vers le mirage de ta peau de poisson qui te sculpte. Je saigne, on applaudit. Un genou à terre, on se lève. Quand je m'écroulerai, on t'offrira mes oreilles. Et ma queue, inutile. Logique. Je suis coupable de ne t'avoir jamais écoutée. Quant à mon émasculation, elle a eu lieu bien avant qu'on ne me les coupe. J'étais impuissant longtemps avant de devenir eunuque. Je suis la proie de ma propre prédation.

La cour et les jurés se sont retirés pour délibérer. Ils reviennent en un temps record. Le président donne lecture des réponses aux questions posées aux jurés et prononce dans la foulée ma condamnation : perpète. Il m'avertit de ma possibilité de faire appel mais je n'entends plus rien. Je me laisse emmener. Je cherche ton regard ; c'est celui de notre fils que je croise.

Je revois notre vie qui passe en souriant. Mais les songes carcéraux demeurent inaboutis : au moment où tu tends les lèvres, j'arrive systématiquement en retard. Si j'ouvre les yeux, c'est pire : ton visage fait naufrage. Je me précipite à la lucarne et tombe sur le bal de tous les solitaires qui marchent entre les murs, contraints de jouer aux durs. Pour paraître plus épais, ils échangent des injures. Les plus faibles errent ventre à terre, en quête d'amitié, se prêtent quelques sourires, mais à les voir sourire on les sait condamnés. Pour les encourager avant qu'ils ne s'estompent, je leur balance quelques images de toi. De leur cour bétonnée, leurs poitrines reconnaissantes me renvoient un battement muet. Un simple souvenir de toi suspend leur pouls, pulsation indéchiffrable, comme du sang hiéroglyphe. À l'issue de la ronde des prisonniers, la conversation, souvent, finit bâillonnée. L'archipel des lettres ne peut plus s'emboîter. Ce défilé de voyelles emmurées préfigure la caresse de ton souffle incendié.

Après-midi de rien où la télé s'épuise à cracher des bêtises. Ici, je me méfie de tout, y compris des images. Elles te retouchent en mieux pour retarder le pire. Elles défilent en trop long plaidoyer sur l'écrin publicitaire auquel j'ai parfois envie de croire. La femme de la météo ne fait plus le beau temps et la pluie dans ma vie. Mais là, tout de suite, au-delà de la télé, y a les Amérindiens qui sont amers au loin, la femme de notre voisin qui fait pisser son chien, les secondes épuisées par nos vies minutées, et eux ils voudraient qu'on aille encore voter.

Y a une fille sur l'trottoir, elle a un sac en jute. On la fout au mitard parce qu'elle joue bien de la flûte. Le respect de la musique n'est plus ce qu'il était, mais eux, ils voudraient qu'elle aille aussi voter. S'ils la poursuivent pour abus d'oreille, qu'elle prenne un avocat qui a de la bouteille; on la boira ensemble en trinquant au trépas. Quand elle dit «Je t'aime», c'est pour fuir demain. C'est pour ça qu'elle tapine, elle vote avec les mains.

Tu te souviens de l'encéphalopathie spongiforme bovine ? Ils appelaient ça la crise de la vache folle. La mienne, elle s'appelait Paul. À Paul, je lui chantais des mélodies en sous-sol. Paul, elle les rechantait ensuite à sa meilleure amie la poule. Elle aurait pu aussi s'appeler Paule la poule puisque tout le monde s'en fout, mais on va l'appeler Marie la poule, Marie comme une stèle qui témoignerait des quatre-vingt-six milliards de poulets tués chaque année. On ne sait plus compter aussi loin qu'on tue. Bientôt, la promesse de l'aube ne me réveillera plus.

Un soir, tu m'avais prévenu : «Tu seras mon dernier amant. Quand mon corps ne vaudra plus rien, ta tête sera mise à prix. Ce jour-là, tu n'auras plus les moyens de me ressusciter pour te disculper. Aucune mutuelle ne voudra t'assurer. On t'interdira de me prendre. Tu devras enfin commencer à me donner. Mais plus de bouche-à-bouche. Tu devras me donner à distance sanitaire. Masquée, ta voix ne devra plus effleurer la mienne ; ni la menacer. Ma fêlure ne te sera plus accessible ; ni ma nue-propriété. On te retirera l'usufruit de mes restes. On t'éradiquera de ma vie. On te jettera dans l'exil des vertus inutiles. On t'amputera de mes déchirures. On te retirera la flamme de mon corps calciné. Tu seras mon dernier amant et mon nœud coulant ne pourra plus jamais s'arrêter de glisser jusqu'à toi.»

Où m'évader? Dans ces forêts nouvelles, rectilignes, engraissées, moissonnées? Il m'arrive encore d'arpenter le couloir de leur mort. J'enlace des troncs qui n'existent plus. Je les embrasse comme je t'aime; en captivité. Je sème des mots en équilibre dans le pli de leur écorce, comme on dépose une prière sur les rides du mur des Lamentations.

Je subis ton silence. Ta mort ne fera pas plus de bruit que ta vie. Elle en fera d'autant moins que tu ne mourras pas. Je suis le dernier amant mais tu n'es pas la dernière maîtresse. Ton échelle de temps est infinie. J'ai cherché à régner sur toi du haut de mon escabeau dont le point culminant peine à égaler deux de mes barreaux. Je ferai autant de vacarme en partant que j'en ai fait en arrivant. Que veux-tu ? L'homme est un cri. Il n'est qu'un cri. À sa naissance, à son adolescence et à son obsolescence qu'il aura donc lui-même programmée, il crie pour se faire remarquer. Beaucoup de bruit pour rien. L'homme n'est qu'un cri mais, au moment de partir, mon cri ne sera qu'une poussière que tu auras tôt fait d'épousseter.

À la radio, ils enchaînent les conversations d'experts entre non-experts, se font passer pour des chamanes, jurent de faire ton bien ; de t'aimer comme on ne t'a jamais aimée. Tu dois être fatiguée de leurs résolutions. Davantage de leurs révolutions. Le bonheur universel, tu as déjà donné. Ça donne des millions de morts. Une autre façon de te ravager. Ils souscrivent aux dogmes de toutes les couleurs : rouges, noirs ; verts. Quand ça ne marche plus, ils portent plainte, accusent leurs subalternes, leurs dirigeants ; moi. Ça n'est jamais leur faute. Ils accusent même leurs proches, leur sœur, leur mère ; toi. C'est si facile de saccager ceux qui vous aiment. Le cœur est un coffre faible.

Ces nouveaux révolutionnaires capitalisent sur ton agonie et brandissent leur volonté de te ranimer. Plus tu es délabrée, plus grande sera leur gloire de t'avoir ressuscitée. Ils se masquent pour se dérober à la lune qui éclaire de façon trop crue leur soif impudente de te guérir. Pour t'apaiser, ils te massent, mais leurs doigts peinent à se faufiler dans tes décombres. Hier, ils ont éreinté un livre qui énumérait mille conseils pour prendre soin de toi. Leur zèle est peuplé de leur attente d'être enfin reconnus. Mais personne ne s'intéresse à eux. Leur combat est un entracte en quête de spectateurs. Leurs soins ne sont qu'une autre façon de t'abuser, pour exister malgré tout ou, plutôt, malgré rien. Ils mourront de cette folle ambition d'exister malgré. Ils ignorent qu'ils n'ont d'autre remède à te proposer que leur extinction. Ils mourront à tes dépens. Ils mourront de trop avoir. Il n'y a pas de mort plus con.

J'aurais dû t'aimer seul. À ma juste mesure. T'aimer jusqu'à t'en rendre plus belle au lieu de passer ma vie à t'enlaidir. Comment n'ai-je pu comprendre que tu ne me souries plus ? Je t'aimais sans dessous. Édentée. Exsangue sur ton plancher d'où tu ne te relevais pas. Sans dessus non plus. À l'envers. Détrônée. La tête à la place du cul. Comment ai-je pu oser me plaindre que tu me chies dessus ?

J'aimerais redevenir celui que je n'ai jamais été. Cet homme issu de toi ; plus le pillard de toi. Celui qui n'amoncelle plus. Entrepreneur sans prétention. Chirurgien sans forceps. Jardinier sans chimie. Prêtre sans dogme. Avocat sans contentieux. Amant sans convoitise. Venise n'est plus en Italie. Faisons l'amour dans ton grenier puisque Venise a déjà coulé.

J'aimerais me racheter sans plus jamais t'acheter. Tourner le dos à ma croissance, cette idole devant laquelle je ne me suis que trop prosterné, cette putain qui taille des PIB. Arrêter de baver devant toutes ces richesses qui t'appauvrissent. Retourner vers toi à mains nues. Vivre avec toi sans rien attendre de toi. Tâcher de trouver ta formule. Ne ris pas : l'algorithme de la femme est un dédale pour les hommes. Me mettre à genoux et implorer ta main. Devenir à nouveau ton prétendant. Peut-être que c'est ça, décroître ? Se laisser choir à son niveau, au lieu de se tordre le cou à toujours essayer d'avoir une tête de plus que soi. Me défaire de mes talons. Marcher pieds nus et sentir ton corps qui bat.

J'ai encore l'espoir secret de t'aimer radicalement. Je sais : un autre excès. Aux antipodes de l'amour. Aux antipodes de toi. Car tu es amour. Je parle comme un prêtre. En prison, il m'arrive d'aimer l'aumônier. Son audace à oser dire je t'aime au criminel, à l'étranger, à ma laideur qu'il absorbe. J'aimerais parvenir comme lui à te dire un jour je t'aime, au-delà de moi. T'aimer pour t'aimer. T'aimer pour toi. Pas pour assouvir un besoin. Pas par peur de ton bras vengeur. T'aimer. Oui : t'aimer radicalement. Autorise-moi un tout dernier excès pour ne plus t'excéder.

Mais t'aimer, n'est-ce pas encore te nuire ? J'ai débité tellement de bois pour me chauffer, pour photocopier, pour me moucher et me torcher. J'ai débité tellement de toi, tellement de conneries à ton propos. T'aimer radicalement, c'en était encore une. T'aimer, c'est ne plus t'aimer. Agir, ne plus agir. Faire ton bien, ne plus faire ton bien. Exprimer quelque chose, c'est encore te porter atteinte. Décharne-moi de mon besoin de faire.

À la pénitentiaire, en fin d'année, je dépense comme je peux mes heures mises de côté. Me revient cette image du père Noël, à l'entrée du supermarché. Je devinais sous son pelage ses pensées malmenées, sa gêne d'exhaler des impostures. Comme lui, mais sans le savoir, nous faisions partie de la vitrine de cet hypermarché planétaire, consommant des consommables. Tout ça pour finir consommés, plus esclaves que jamais. Nous nous étions pris en otages, nous étions nos propres ravisseurs. En Patagonie, un résistant s'était levé pour te défendre. Il avait placardé une publicité : « N'achetez pas les vestes que je fabrique ! » On avait eu si peur qu'on s'était mis à stocker un maximum de vêtements jetables.

Le père Noël vendait bien ses jouets non durables, assemblés plus bas par des enfants fantômes, entassés au pied de notre sapin à peine né. Je revois ce sapin sans visage, fœtus libre comme un mort avec ses membres tordus dans la poubelle, le cou brisé de s'être trop fait enguirlander. Son image mitée assombrit mes souvenirs pieux. Notre fils aîné n'y croyait déjà plus. Je ne trouvais pas de chimère de rechange à lui refiler. Désormais infranchissable, il n'achetait rien, ne passait pas son permis. Quand je lui demandais pourquoi, il répondait qu'il n'y avait nulle part où aller. Consensuel, pour Noël, à la place des cadeaux éphémères, je lui avais proposé de faire un don à Greenpeace. Il m'apprit que Vertpaix, à force d'avoir à combattre les chimistes qui brevettent le vert pour se l'approprier, s'appelait désormais Vertguerre. Greenwar.

Je revois ce père Noël, aux confins d'un centre commercial, un mall en anglais, glisser, semi-inconscient, sur un tapis roulant qui tournait sur lui-même. Transféré d'un terminal à l'autre, déplacé sans avoir à se déplacer. Faudra qu'on marche. Qu'on essaye un peu. Qu'on arrête de faire la course aussi. Qu'on plante des : «Ralentir ! Enfants ! » L'urgence fomente des heures inhumaines quand elle cogne fast. Le mot fast engendre la destruction de tes tribus, la destruction de celles et ceux exploités pour que ça aille toujours plus fast. En anglais, puisque l'anglais a innové des mots pour plaire, des mots à plaies, fast signifie à la fois se précipiter et jeûner. Tes tribus bousculées n'ont plus rien à manger. Quand ça se voit trop, on achète une écharpe pour voiler sa face ou la leur.

La nouvelle mode été annonçait la saison. Laquelle saison s'était mise à se succéder à elle-même tous les mois, jusqu'à ce que Zoro redessine l'été toutes les semaines en présageant sa disparition soudaine. Pour m'habiller à neuf tous les matins, je saisissais au vol une de ces écharpes en transit. Mes vieux foulards, je les glissais dans les boîtes à pauvres. Allégée de ce don, ma conscience tolérait le plaisir réflexe de m'en offrir de nouveaux. Quand je m'ennuyais, je déplaçais les vêtements que je ne portais jamais.

Un codétenu en col blanc m'a raconté le parcours d'un jean. On peut le suivre en traçant ses victimes. Il me dit que les grands centres textiles des pays surdéveloppés sont devenus des villes fantômes, mais que là-bas, au loin, le plus loin possible, dans des non-villes, d'autres fantômes fabriquent désormais le même jean. Des fantômes de sexe féminin. Avec leurs enfants ; encore plus fantômes. On les installe dans des hangars auxquels on donne le nom d'hôtels cinq étoiles : Rana Plaza. Le ciel leur en est tombé sur la tête. Mille deux cents fantômes ne s'en sont pas relevés. On ne connaît pas leurs noms. Leur salaire était trop bas pour pouvoir les identifier, inférieur au prix du jean une fois consommé dans les villes fantômes surdéveloppées.

Et toi, bien sûr, victime à chaque étape du jean. Ta sueur oppressée, ton duvet réquisitionné, tes pores pulvérisés. Les chimistes, toujours eux. Contrainte, encore et encore, d'avaler leurs rejets. Jusque tout là-haut. La preuve : l'ours, de moins en moins blanc sur son île à la neige peau de chagrin pourtant si éloignée des non-villes et même des villes fantômes, l'ours pâle se baigne dans des microfibres. Jusqu'à tout en bas aussi, là où se trouvent les ultimes victimes du parcours du jean. Fantômes encore plus pauvres que ceux qui le fabriquent, ils voient leurs décharges inondées d'invendus, tonnes de jeans neufs périmés.

Consommer, cette tache de naissance qui froisse l'aube. Un jour, peut-être, nous cesserons d'empiler des tee-shirts jetables et réduirons notre armoire en sortant chiner un tee-shirt façonné par un voisin. Passer d'un tee-shirt imbibé de conteneurs à enfants à un tee-shirt auquel nous pourrons serrer la main. Par un chemin dérobé, se démarquer des marques luminescentes. Se démarquer des poissons qui happent ce qui brille. Se recueillir devant leur chair plastifiée. Arrêter de gaver leur aquarium de tee-shirts à peine portés. Le placard de leurs vêtements d'hiver est depuis longtemps une tombe qu'ils ne visitent plus.

Consommer moins? Incapable, quand j'étais en liberté. Anthropocène? Il serait plus juste de parler de consommocène, vénalocène ou pognocène. On aurait pu vivre en paix tous les deux, n'était cette obsession chez moi d'accumuler en me ruant sur toi. J'ai passé ma vie à courir en apnée. Sprinter plus profond, plus loin, plus haut. Cingler. Aller plus : c'est tout ce qui m'a jamais intéressé. Mais chaque fois que j'allais plus, toi tu allais moins. Jusqu'à ce que tu n'ailles plus du tout. Jusqu'à ce jour où ma fille.

Notre fille me rappelle notre médecin de famille. Il m'avait tendu une autre ordonnance. Dans celle-ci, il m'avait prescrit une île. Pour t'échapper, au cas où les comprimés de *Fahrenheit 451* échoueraient. Au cas où tu n'aurais plus d'eau pour les dissoudre. Il avait dit : «Le paradis sur mer, une île», que les pharmacies n'en avaient presque plus, que depuis la ménopause généralisée des femmes, les hommes se ruaient sur les îles du nord. Il m'avait appris qu'en guise de sable blond, la plupart se cassaient les dents sur des galets. La combine, c'était de pousser plus haut, là où on n'avait pas trop le droit d'aller. Le regard concupiscent, il m'avait lâché avant de partir : «Les îles vierges, si vous voyez ce que je veux dire...» Il m'avait chaudement conseillé de m'en mettre une de côté.

Je n'étais pas le seul à chercher une île vierge, interdite, une île refuge de toi. Pourtant, l'eau n'était pas chaude. Enfin, il y avait des courants bizarres, des variations de température qui me faisaient penser à toi. Dans le bateau de mon passeur, j'avais trouvé une bouteille avec un message à l'intérieur. C'était plutôt bon signe parce qu'il était signé par ce génie de l'informatique qui s'était rendu malade avec son régime uniquement à base de pommes. Il avait écrit ceci : «Et lorsque ma peau sera en lambeaux, décharné, écorché, je contemplerai encore Dieu.» Signé : Job. Comme quoi, on peut être milliardaire et déprimé. Il m'avait foutu le cafard, son message. Je m'étais dit que tu aurais pu l'écrire.

Le bateau du passeur avait coulé. À côté de moi, un type avec un manteau de fourrure blanc, un type énorme, pataugeait aussi vers une île. Quand je lui ai demandé laquelle, il m'a expliqué qu'elle avait déjà coulé. Je n'étais pas au courant que les îles pouvaient couler. Agacé, il m'a répondu : « Elle n'a pas coulé, elle a fondu. » Du coup, comme deux cons, on s'épuisait à nager parmi les glaçons chauds de l'île qu'on cherchait.

On a croisé un ours blanc. Comme moi, la seule chose froide qui lui restait, c'était sa colère. Il faut dire qu'il était particulièrement remonté de voir le manteau d'un de ses enfants porté par le type énorme. Il s'est couché sur lui dans l'eau jusqu'à ce qu'il n'y ait plus de bulles. Rien à dire. Sa colère était légitime. La mienne, déplacée. En fait, elle n'était ni froide, ni chaude, ma colère ; elle était juste impuissante. Comme toutes ces choses qui flottaient autour de nous. À force d'être fabriquées déjà obsolètes, les choses, comme nous, elles étaient en colère. Il faut les comprendre : elles n'avaient plus de place. Valdinguées par centaines de millions dans l'océan suffoqué, elles ressemblaient, avec leurs nageoires en plastique, à une île sur laquelle l'ours blanc s'enfonçait de tout son poids qui pesait de moins en moins.

On a fini par trouver une espèce de bande de glace qui faisait la gueule. Je me suis aperçu que le médecin m'avait menti. Il n'y avait plus d'île vierge. Celle-ci était saturée de phoques. L'ours a rapidement fait le ménage. Dans l'adversité, les liens les plus étranges se tissent. Pour l'instant, je n'étais pas à son menu. Je l'ai aidé à choper un maximum de bébés phoques. Exténué, je me suis affalé sur sa patte. Je m'imaginais puissant comme un lion de mer et, comme toujours quand je délire, je pensais à toi.

Ma lionne de mer, toi aussi tu pèses quelques tonnes, mais tu t'envoles parfois au gré d'une idée folle, au bras d'un désarroi. À défaut de miracles, je m'accrochais à des mirages de plus en plus nombreux. Et quand les mirages faisaient défaut, je me bourrais la gueule vu que la civilisation avait fini par débarquer sur mon île vierge.

Quand je me bourrais la gueule, tu me manquais encore plus : ça me rappelait le temps où je te bourrais la gueule. D'autant plus qu'avec mon ours blanc on partageait tout : les phoques et la gnôle. Comme il avait l'alcool mauvais, personne n'osait m'approcher. Après les repas, main dans la patte, on allait se promener. À force de tituber à ses côtés, je pensais à notre passé pas simple et, aujourd'hui, je pense à notre présent qui n'est plus. Au tribunal, tu as soutenu que notre présent n'avait jamais été. Tu as aussi affirmé que notre passé décomposé avait duré trop longtemps. De ce trop long voyage, je tire la leçon que mon amour pour toi n'est plus qu'un paysage rangé dans un tiroir dont je jette la clef pour garder la raison.

Pourtant il y avait tes clins d'œil et tes sourires, il y avait ton corps qui renaissait du pire, ta main tendue dans le brouillard. Mais ton bonheur de façade, ton bonheur dont je n'ai eu de cesse de repeindre la façade, ce bonheur-là, je crains de l'avoir trop ravalé. Cette fois-ci, ça ne rigole plus. Et pourtant, dehors, malgré toi et tout ce que je t'ai fait, les gens qui te font la même chose, les gens toujours en liberté, toujours libres de te nuire, eux, ils rigolent encore. Peut-être qu'ils n'ont pas été frappés assez fort. Je vois partout l'absence de notre fille, mais je vois aussi qu'eux ne la voient pas. Comme si la violence de l'absence ne les concernait pas.

Un jour, un scientifique pur et dur est venu percer la glace pour alerter que demain il n'y aurait plus de glace à percer. Je lui ai parlé de toi. Il m'a assuré que tu allais faire peau neuve, que sous peu tu te réinventerais. Il appelait ça ta résilience. J'ai regardé dans le dictionnaire qu'il me tendait du bout de ses moufles, alors que tout là-haut il ne faisait déjà plus froid. La première définition était un terme de physique : «Rapport de l'énergie cinétique absorbée nécessaire pour provoquer la rupture d'un métal, à la surface de la section brisée.» Pas rassurant. La dernière, utilisée en informatique : «Capacité (d'un système ou d'un réseau) à continuer de fonctionner en cas de panne.» Au fond, il n'avait pas tort. On en est toujours là : on continue à faire naviguer des paquebots pour masquer tous ceux qui dérivent sur des radeaux.

Un homme politique a atterri en hélicoptère sur mon île dépucelée mille fois. Des caméras ont fait le point sur sa main venue serrer celle du scientifique qui continuait à percer la vérité qui fondait de plus en plus vite. Ma main traînait par là, il l'a serrée. Il a dit : « Bravo ! » Un micro a surgi sous mon nez. J'ai répondu : « Ah, bon ? » Comme il était venu avec des réponses sans questions, j'aurais pu dire n'importe quoi, il aurait continué à me serrer la main avec son sourire. Il m'a promis plus de croissance, blanche cette fois, si je votais pour lui. Je ne voyais pas trop ce qui pourrait croître sur cette glace déjà grise. Il répétait : « Croissance blanche ! Croissance blanche ! Croissance blanche ! » Il paraissait tout content d'avoir trouvé une nouvelle couleur pour sa croissance.

Trois cellules plus loin, un perceur de mégabassines hurle : « Notre croissance insoutenable a des conséquences insoutenables ! » Ce n'est pas compliqué ; même le maton comprend et semble l'approuver. Pendant la promenade, je discute avec mon premier écoterroriste. Il m'enjoint de me mettre en colère. Contre qui ? Contre moi-même… enfin, contre tous ceux qui ne changent rien à leur mode de vie et l'infligent chaque jour à tous les nouveau-nés. Me mettre en colère parce qu'ils n'ont plus le temps.

D'après lui, tout serait régenté par l'économie marchande, jusque dans la façon dont nous devrions faire l'amour. Je lui demande si la décroissance est vraiment la solution. Il me répond qu'il ne faut plus tomber dans le piège de cette alternative, que nous pouvons, que nous devons choisir. Il dit que croître ici et décroître là ferait de moi un amant qualitatif, attaché à la valeur de ses lentes semences. « Invitons le hasard et sa cousine, la sérendipité. N'oublions jamais de leur dresser le couvert. Compilons leurs savoirs inutiles. Pollinisons par l'attention ce que l'on est impuissant à féconder. »

Ce jeune me touche. Je me dis que notre fils aurait pu se trouver dans la même cellule. Il s'exprime comme lui, avec ce mélange de rage, de dignité, de poésie et d'abattement dans la voix. «Mes amis me plaignent, mais ils sont plus à plaindre. Je les supplie de désincarcérer leurs yeux, d'arrêter de contempler, hypnotisés, dans le rectangle de leur main, leur captivité volontaire, de déserter la mécanique de leurs émotions virtuelles. Mécanique de leur impatience à se faire confirmer leur existence par un émoti de plus en plus con. Mécanique de leur rage de ne pas avoir su quitter un groupe à temps et de se retrouver seuls à devoir commenter les commentaires abscons d'un ami méprisé qu'ils ne rencontreront jamais. Mécanique de leur absorption dans ces bavardages qui leur permettent d'ignorer le fait fatal de leur absence de conversations. Mécanique de la coagulation de leurs souffles qui ne se croisent plus.»

Il n'a pas tort : l'addiction à ce qui n'est plus ne peut que mal se terminer. Le lendemain, je reçois une lettre de notre fils qui m'apprend qu'il vient de se faire dégreffer son portable. Ce détatouage le tache de cicatrices fantômes. En tranchant ainsi la laisse par laquelle nous pouvions le surveiller à distance quand j'étais libre, il nous rejoue l'extinction de notre fille. Peut-on faire le deuil numérique de son fils ?

Tu sais combien j'ai aimé notre relation virtuelle. C'était si pratique de pouvoir t'allumer, te consulter et t'éteindre à tout moment. Pratique de te bloquer, de t'effacer, de te ressusciter, et de te faire taire sans que tu en prennes ombrage. Tellement moins contraignant que d'avoir à te faire face, t'écouter, porter la croix de notre interdépendance. C'était pratique de fixer mon écran qui me bombardait de photos de toi d'avant ton délitement. Pratique de t'éviter telle que tu es. Je t'aurais perdue sans t'avoir connue.

Déconnecté, notre fils est passé me voir au parloir. Trop frais pour t'en parler. Trop douloureux de le recevoir dans une cage. J'y reviendrai quand ça sortira. Ça a fait remonter une horde de rendez-vous manqués. Avec lui, bien sûr, mais avec toi surtout. Il a prononcé le mot *maison*. Il suffit d'un mot pour ranimer une morsure.

Les mères pardonnent; les femmes aussi parfois, tu sais? Je sais : tu m'as déjà beaucoup pardonné. Mais cette fois-ci, crois-moi, c'est pour de bon. Cette fois-ci, si je sortais, je t'aimerais sans sévices. En fait, non, je suis loin d'être guéri. Je t'en supplie : continue à te méfier de moi. Tu connais mes vices. En miroir, le regard de notre fils en dégoulinait. Pour une fois, il n'osait pas trop parler. Sa retenue était d'autant plus violente. Elle exprimait tous les chefs d'accusation dont il me sait coupable, tous les coups que je t'ai portés, et l'absence de sa sœur.

As-tu besoin d'autres preuves de ma toxicité ? Souviens-toi comment, moi qui ne priais même pas Dieu lorsque j'avais mal aux dents, souviens-toi comment j'avais prié pour un deus ex machina. Comme dans les mauvais films, tu sais, quand le scénariste ne sait plus comment s'en sortir, la cavalerie déboule au bon endroit au bon moment pour sauver tout le monde. J'avais prié Dieu et un virus était sorti de sa machine. Continue à te méfier de moi : je suis dangereux même quand je prie.

Pendant la pandémie, je t'observais d'un regard que tu jugeais obscène. Que faire d'autre de mes journées ? J'avais été temporairement contraint d'arrêter de te profaner. Ce temporaire avait fait revenir les oiseaux qui se cachaient pour mourir et empêché de décoller les plus gros aux ailes métalliques. La cage à peine ouverte, je m'étais empressé de faire redécoller toute cette ferraille. À ce stade, mon incarcération est la seule solution pour que je cesse de t'avilir.

J'ai trébuché d'indifférences, d'ignorances, de déchéances ; de destructions si je veux être honnête. Peut-on le devenir quand on l'a si peu été ? Mais là n'est pas mon plus grand péché. Mon erreur aura été de nous opposer. Comme si notre vie de couple devait faire l'objet d'une négociation permanente, comme si tout ce que je t'accordais induisait une perte pour moi. Nos rapports de force houleux validaient mes dogmes. J'appelais ces pulsions ma passion. Elle n'a pas vieilli ; je t'aime toujours aussi mal. Je t'ai joué la fable du scorpion et de la grenouille. C'est effectivement dans ma nature de ne pas reconnaître la tienne. Mais la morale de notre fable diffère : les piqûres que je t'ai infligées ne noieront que moi.

On est tous attirés par des métiers où on te brûle les ailes. À la bibliothèque de la maison d'arrêt, j'ai cherché comment ne plus te nuire dans tous les livres de la terre. Mais on en est au stade où même les tables des matières n'ont plus de matière. Alors je suis allé chercher du côté des religions. Elles racontent que ça t'est déjà arrivé et que tu t'en es sortie. Du coup, je me suis mis à croire. Un codétenu radicalisé m'a assuré que je faisais fausse route, que je croyais de travers. Dans la foulée, il a tenté de me convertir à un isme que je ne connaissais pas ; une conversion qui simplifierait tout. Il m'a présenté un ultra qui m'a foutu la trouille. J'ai mis un moment à comprendre qu'il était sourd de l'oreille gauche : il n'entend plus rien du côté du cœur.

J'ai emprunté un livre de l'ancien conseiller climat du président le plus puissant du monde qui vient d'écrire ta biographie sans jamais t'interroger. Il affirme que tu vas bien, que tes défenseurs sont des radicaux, qu'il n'y a pas lieu de s'affoler. Des journalistes l'ont encensé. Son livre a été un best-seller partout. Les gens ont un besoin maladif qu'on leur dise que tu es en bonne santé. Dès qu'il s'agit de toi, le mensonge devient non seulement audible, mais désiré. Au fond, il n'a peut-être pas tort : tu ne vas pas si mal que ça. Tu me survivras. Ça fait des générations que tu me survis.

Ce n'est pas toi qui vas t'effondrer. Tu ne t'effondreras jamais. Tu es celle qui n'en finit pas de se relever malgré leurs coups de boutoir incessants. C'est leur rapport marchand à tout ce qui te constitue qui n'en a plus pour longtemps. La fin de toi n'existe pas. Ils persistent à t'inclure dans leur destinée qui ne te concerne pas. Ils te prennent pour prétexte une fois de plus. Ils se donnent des frissons à chaque catastrophe du siècle. Les siècles vont bientôt se compter en journées, en heures peut-être. Tout le monde se rassure en affirmant que cette année la situation était exceptionnelle. Ce qui sera bientôt exceptionnel sera de ne pas connaître chaque mois une catastrophe du siècle.

Ça n'est pas la première fois qu'on nous promet l'Apocalypse, c'est vrai. Le seul hic, c'est que, cette fois, le fantasme de ton effondrement n'en est peut-être pas un ; il s'appuie sur la science, plus sur la superstition. Il est peut-être temps de s'éveiller avant que l'aube ne nous fasse défaut. Regarde-les, ceux qui te nient, se presser de toutes parts pour sauver leur peau, ou plutôt ce qu'il en reste. Ils assurent qu'ils ne sont pour rien, ou pour si peu, dans ton délabrement. Comme l'ancien conseiller climat du président le plus puissant du monde, ceux-là sont les plus effrayants. Pour se débiner, les assureurs parlent de catastrophes naturelles. Tes catastrophes n'ont rien de naturel. Je comprends mieux maintenant pourquoi les ouragans portent nos prénoms. C'est ta façon de nous invectiver quand tu les déchaînes.

Ils cherchent à s'exiler, ils se ruent ailleurs pour voir si tu y subsistes en meilleure santé. Ils n'ont pas compris qu'il n'y a plus d'exil possible. Où qu'ils soient, ils feront face à ton visage décharné, à ton dos lacéré, à tes pieds bandés et à tes cuisses en ébullition. Accoutumés à être en sécurité dans ton giron, ils prieront sur ton parvis, à la lisière de ton temple qu'ils ont méthodiquement démoli. Ils n'ont de cesse de fuir vers toi en pratiquant la politique de la mère brûlée. Ils déclenchent la famine à laquelle, seule, tu survivras.

De mon côté, je dois désormais réussir l'exploit d'un exil immobile. Sans ligne d'arrivée. Étranger sur mes terres, étranger en ton sein, étranger à moi-même qui n'y comprenais rien. Étranger à mes enfants, surtout. Voilà ce que j'aurai réussi dans ma vie : me priver de mes descendants qui me doivent la vie comme un frisson mauvais.

À la pénitentiaire, ils veulent me recycler. C'est la mode. Tout doit être recyclé. Tous les déchets. J'en fais partie.

Mon recyclage prend la forme d'une formation, d'une fenêtre sans barreaux, d'une carcéralité accueillante, la forme d'un oxymore, quoi. On me place dans une pièce trop grande et on y frappe. Sans attendre ma réponse qui ne m'appartient pas, un éducateur haut gradé me demande de ne pas me lever. Un polytechnicien sans uniforme. «Je prends soin de votre femme depuis longtemps sans que vous le sachiez. On est là pour trouver une solution ensemble. Votre femme peut encore être sauvée. Mais comme vous êtes son mal, on a besoin de votre concours.» Son adjoint paraît éreinté. Il me glisse : «Mon chef n'arrête jamais : énergie inépuisable.» En effet, le chef a passé l'après-midi à utiliser son énergie inépuisable à me démontrer que ton énergie était épuisable.

Le lendemain, ce type s'enorgueillit de n'avoir à m'offrir que du sang, du labeur, des larmes et de la sueur. «Il y a plus de quatre-vingts ans, ça a fait du bien. Ça a sauvé notre civilisation de la barbarie, or aujourd'hui, la barbarie c'est vous.» Reclus, on devient chatouilleux. Je l'ai menacé de déposer plainte contre X mais le polytechnicien m'a dit que j'avais tout à y perdre, que si je portais plainte je serais la première victime de ce coup de projecteur, que la première étape de cette formation passait par la reconnaissance de ma propre barbarie. Ça a eu l'effet inverse. Plus j'avouais mes torts envers toi, plus je plongeais dans les ténèbres. Quand j'ai rouvert les yeux, ce type brillait dans la nuit. Son adjoint m'a expliqué qu'il ne fallait pas le considérer comme un ennemi, que la fission de ses atomes dégageait une chaleur humaine précieuse, qu'il s'agissait d'une espèce rare pas encore éteinte, un vulgarisateur pas vulgaire, un scientifique optimiste, un cerveau qui agit. Un type discret surtout : je ne l'avais jamais remarqué alors qu'il assure que ça fait trente ans qu'il est à ton chevet.

La formation est intense. À l'aube, il me refile la clef d'un mot toujours plus grand : PIB. Un mot serrure qu'on aurait inventé pour nous enfermer dans une logique qui ne serait plus logique. Il me dit que les politiques n'ont que ça à la bouche pour nous séduire et te cramer : «La croissance du PIB !» Ils nous la vendent comme une nouvelle journée qui tendrait la promesse d'une journée nouvelle. Une journée où tout irait mieux, d'après eux. Il m'explique que, comme toutes celles que je t'ai faites, leur promesse de croissance du PIB n'est qu'un mensonge. Pour qui se prend-il ? La vie de couple, ça étouffe. La fidélité fout les jetons. J'avais besoin d'air. Le mensonge permet de respirer. C'est bizarre qu'un type aussi diplômé que lui ne saisisse pas ça.

Le lendemain, il va encore plus loin : il m'accuse d'avoir participé à cette fameuse croissance du PIB. Il dit que, chaque fois que je t'ai approchée, je t'ai cambriolée, jamais pu m'empêcher de capter ce que tu possédais de plus précieux. Je lui réponds que je ne te captais pas, qu'on vivait ensemble, c'est tout, chez nous, sous le même toit. Il me recadre direct. Il dit :

1. Que «chez nous», c'était chez toi puisque je n'avais aucun titre de propriété et que tu m'as toujours hébergé gracieusement.
2. Que je me la pétais avec ton gaz.
3. Que je trafiquais ton compteur d'électricité.
4. Que je détournais ton arrivée d'eau.
5. Que je dévalisais ton placard pour pouvoir continuer à changer de fringues tous les mois.

C'est vrai, mais tout le monde faisait ça, non?

Il m'explique que tout le monde va devoir payer et qu'il est urgent d'arrêter d'idolâtrer le PIB. Quand je lui rétorque que le PIB, c'est quand même de la production de richesses, il se met à me tutoyer : « La croissance du PIB est une obsession obscène. Un accident de voiture génère du PIB. Un accident de car encore plus de PIB. Plus ça consomme de blessés, plus ça sonne bien à l'oreille de tous ceux qui, comme toi, n'y entendent plus rien. » Quand un ingénieur s'énerve, il reste calme. Il en devient glaçant : « Cette obsession à dépecer ta femme était tout aussi obscène. Tu étais obscène quand tu lui injectais des hormones de croissance alors que ça faisait longtemps que tu savais qu'elle ne grandirait plus. Tu étais obscène quand ton compte en banque était vide, mais que tu persistais à t'endetter au nom de ton insatiable croissance carnassière. Ta croissance endettée revient à arracher les dents définitives de tes enfants. »

Je n'arrive plus à l'arrêter. D'ingénieur, il devient procureur : «Tu tisses à tes enfants des vêtements inflammables. L'ironie, c'est que c'est grâce à ta femme que tu les fabriques. C'est elle, la première matière qui calcinera tes enfants.» Je réplique que c'est quand même la croissance qui permet d'habiller nos enfants et que la croissance est de plus en plus propre. «Tu oublies que pour croître, même en vert, il faut de l'énergie. Elle en a de moins en moins, ta moitié, celle qui n'est plus ta moitié depuis longtemps. Ça fait longtemps qu'elle n'a plus assez en elle pour habiller tous ses enfants. Colombe aux ailes mazoutées, la faire croître en vert, c'est faire croire qu'elle peut encore te faire décoller alors que même tes enfants savent que leurs ailes sont déjà rognées. Ils savent que la croissance verte que tu essayais de leur faire avaler le soir au dîner pour te faire pardonner, ils savent que cette foutue croissance verte c'est des dettes. Rien que des dettes. Des dettes pour rien. Des dettes posées sur leurs têtes. Tu as laissé à tes enfants des mensonges et des dettes.»

Jour après jour, il revient à la charge. Sous prétexte de ne pas te lâcher, ce type a décidé de ne pas me lâcher. Il m'explique que tout est machine. Tout. Le stylo avec lequel il vient d'écrire stylo. Le papier où vient d'apparaître le mot stylo. La lumière sur le papier. Le bureau sous le papier. La chaise sous mon cul. Le chauffage sous mes pieds. Mon caleçon, mes chaussettes, mon pantalon, ma chemise et ma laine polaire qui n'est ni laine ni polaire. Elle est polyester. Elle emprisonne l'air. Hautement polluante. Elle est machine. Tout ça, c'est machine. Il me dit que qui dit machine dit toi. Il dit que jusque-là tout se payait sauf toi, mais que tu as commencé à la faire payer, ta gratuité. Il me dit qu'on n'a encore rien vu. D'après lui, tes bouffées de chaleur, tes emportements et ton incontinence, c'est que les intérêts de la dette de nos petits prophètes.

Je fonctionne mal à la culpabilité. Il m'accuse de t'avoir mangé la laine polaire de nos enfants sur le dos, de t'avoir traitée comme un immense buffet campagnard gratuit, d'avoir invité ma famille et mes amis à venir s'empiffrer de tes mets. L'ingénieur continue à me faire la morale : «Il y a de moins en moins, donc il faut manger moins pour qu'il y en ait pour tout le monde et puis tu verras : manger moins, c'est plus sain. Je sais : tu préfères écouter les politiques qui te rassurent, qui te promettent un buffet plus grand. "Votez pour moi et vous pourrez continuer à vous gaver." Variante dans la bouche de ceux qui essayent de te vendre de la croissance verte : "Je vous promets des produits bios plein le buffet."» Ceux-là l'exaspèrent davantage. Il essaye de me convaincre que même repeintes en vert, leurs promesses délavées sont des puits asséchés.

Le polytechnicien devient de plus en plus technique, mais comme je ne comprends pas grand-chose à sa science, il s'empare du sport. «À propos de buffet, en rugby, un plaquage brutal au niveau du torse, ça s'appelle *un arrêt buffet*. On va tous se prendre un arrêt buffet. Comme une marée qui déboule au triple galop. Quand on se prendra l'arrêt buffet, il n'y aura plus une goutte de sang dans ton stylo. Tu écriras sur ta peau avec ce qu'il te restera d'ongles. Pas grand-chose parce que tu te mettras à creuser frénétiquement pour dénicher l'os que tu auras oublié d'enterrer. Il est encore temps de m'écouter.»

À l'oral, l'ingénieur est plutôt convaincant. J'ai fini par lui prêter mes oreilles indisciplinées. À l'écrit, il m'a paumé. Sa fougue irrigue ma détresse. Il dégueule trop de chiffres. Ils créent comme un brouillard pour les pas matheux comme moi. Les chiffres, c'est comme des épines pour celui qui ne sait pas compter. On voit la fleur au bout ; insaisissable. Je me mets à haïr les polytechniciens. Ce type ingénieux brille trop dans le miroir de mes défaites. Il m'aveugle de sa rigueur. Je n'y vois plus rien quand il devient trop clair. Il est comme une énergie renouvelable ; il ne suffira pas à te sauver.

Après le sport, il m'aiguille vers mon point le plus faible : nos petits prophètes. Il me dit qu'il est temps de les prendre au sérieux. Touché au vif, je lui balance qu'il me fatigue avec son jus de cerveau. Il me réplique que, du fait de ma surdité, nos enfants ne boiront bientôt rien d'autre que du jus de larmes amères.

Au parloir, j'ai demandé à notre fils s'il me haïssait. Il m'a répondu que non, qu'il ne m'en voulait même pas. Il sait juste qu'il ne peut pas compter sur moi. Il en a marre que je l'embrouille. J'essaye de lui expliquer qu'à son âge, j'acceptais qu'on me mente, puisque je me mentais avec ma frénésie pour les révolutions. J'admirais les tyrans; je les soutenais pour exciter mes passions. Notre petit prophète, non. Il aimerait que j'arrête de lui débiter la nostalgie de mes révolutions. Que j'arrête de lui mentir, de l'infantiliser, de lui promettre des objectifs que je ne tiens pas; que j'arrête de lui raccourcir la vie. En substance, il demande toujours la même chose : que j'arrête de torturer son avenir. Que j'arrête de vouloir vivre comme avant. Il est le miroir le plus cruel de tout ce que je t'ai fait. Je me garde bien de le lui avouer, mais sa calme détermination m'impressionne. Je veux être comme lui quand je serai grand.

Notre fils me force à garder les yeux ouverts. Je le taxe pourtant de démission parce qu'il refuse des emplois bien rémunérés au prétexte qu'ils te détruiraient. À l'écouter, sa démission est sa façon de s'engager et de briser le cycle de ce qui t'a brisée. Je le mets en garde contre toute violence, il me réplique que la désobéissance civile n'est pas une violence, mais le début de la fin de celle que je t'inflige. Pour trouver un terrain d'entente, je lui parle de ma formation, du polytechnicien qui me coache, des découvertes scientifiques qui vont tout régler. Notre bambin me sermonne : ma croyance en la médecine de pointe pour te guérir ne serait qu'une nouvelle hypocrisie de ma part, une autre façon, clinique cette fois, de t'abîmer et de lui faire perdre du temps.

Il connaît l'ingénieur de nom : il ne croit pas aux cercles de penseurs dont il fait partie. Il moque ces *think tanks* qui surferaient sur ton manque d'eau afin de faire élire ceux qui veulent bâillonner l'urgence. Ces *think tanks* seraient des leurres. Le mot *tank* aurait été choisi lors de la Première Guerre mondiale pour faire croire à l'ennemi que le véhicule ravitaillait l'armée britannique en eau. Le premier modèle se serait appelé *Mother* ; comme toi.

Du haut de ses vingt ans, notre fils me passe un savon. « Papa : si tu te mets maintenant à penser comme un tank, tu vas nous contraindre à être tout-terrain, à marcher dans ta boue, alors que nos pieds ne sont pas des chenilles ! Coupé du monde, tu n'es peut-être pas au courant, mais la guerre s'est approchée comme une larve. La guerre de toi a lieu. C'est toi cette guerre, dans tout ce que tu as persisté à faire subir à ma mère, dans tout ce que tu n'as pas fait pour elle. Cette guerre crépite ailleurs aujourd'hui, mais elle m'explosera à la gueule sous peu. Je n'aurai plus, comme toi, le privilège de me débiner. » Je le laisse se défouler ; c'est de son âge. Il s'emporte. Classique. Besoin de tuer le père.

J'obtiens qu'il puisse assister à ma prochaine séance de formation consacrée à l'eau. Quand je les présente, le polytechnicien et sa coupe au carré ne parvient pas à réprimer un rire nerveux devant notre fils et sa forêt de cheveux. « Quand maman sera réduite à une mare, la drôle de guerre autour de son eau que vous laissez les agriculteurs pesticidés nous confisquer ne vous fera plus marrer. Vous ne voyez donc pas que quand vous la privatisez, quand vous la nationalisez, quand vous la rationalisez ou quand vous l'identitarisez, vous la privez de l'eau qu'elle gardait pour nous ? Êtes-vous au moins conscients avec vos projections chiffrées que vous vous l'appropriez avant qu'elle ne puisse nous abreuver ? »

Comme l'ingénieur ne répond rien, il continue sur sa lancée. « Désormais, notre mère, vous avez décidé de la violer à sec, de la réquisitionner à la source, de la vendre au plus offrant. Avec votre marché de droits à la polluer, vous venez d'inventer le droit de la souiller légalement. Loi ou pas, vous faites d'elle une prostituée. Désormais, vous faites payer pour la profaner. L'argent, qui a toujours été votre guide, trahit seulement le fait que vous êtes devenus impuissants. »

Élancé, il en bouche un coin au polytechnicien qui, avec ses plans à trois, cinq et dix ans, avait tout prévu sauf que j'aie un fils comme ça. Je suis fier de lui. Il aurait dû être avocat, comme je le lui avais conseillé, au lieu d'aller s'enchaîner à la porte de ma banque sous prétexte d'attirer l'attention sur toi. « On va tous y passer. Si vous ne vous réveillez pas, on va tous y passer. Vous pensez représenter le bon côté en ce que vous prétendez défendre ma mère. Vous croyez partager la même opinion que moi. Vous n'avez d'opinion sur rien, sauf sur le fait qu'il ne faut pas déranger le désordre établi. Réveillez-vous ! Vous êtes anesthésiés, tellement anesthésiés que vous en êtes arrivés à ne même pas être conscients de l'état de léthargie dans lequel vous êtes plongés. Rester anesthésiés, ça équivaut à collaborer. Vous êtes bienveillants ? La belle affaire ! Le simple fait de ne pas résister à nos côtés est une forme de collaboration. De la pire espèce. Une collaboration lâche. Aujourd'hui, ne rien faire, c'est faire ! »

Notre fils se justifie : «Il ne s'agit pas d'une méga-crise de plus comme il y a des mégafeux. Oui, la catastrophe est en apparence infime. À l'image des tribus qui s'éteignent. Cette catastrophe infime, c'est ce que je vis déjà. C'est ce qui fait que je ne connaîtrai jamais le luxe de ton insouciance. C'est ce qui rend notre mère de plus en plus irascible. Il va falloir que je m'adapte en permanence à son incontinence, à ses bouffées de chaleur qui ont maté ma sœur, et à ses emportements de plus en plus violents. Tout ce qui n'est pas fait aujourd'hui pour en atténuer les conséquences, je le paierai demain au centuple. Hier, aux informations, après les faits divers et juste avant la météo, on apprenait que 44,04% des États-Unis étaient en état de sécheresse. Un bateau de croisière a dû interrompre son voyage sur le Mississippi à sec. Tu es à l'image de ces monstres qui détruisent notre mère et ne s'arrêteront jamais d'eux-mêmes, mais seulement contraints, échoués, quand elle ne sera plus en mesure de les porter.»

«Pourtant, comme nous, elle a deux tiers d'eau, mais seuls de rares vestiges nous sont désormais accessibles. Chronique d'une guerre annoncée : on est de plus en plus nombreux à la téter. À commencer par ceux qui la labourent, ces mâles qui pensent en érection, qui s'étrillent entre irriguants qui la siphonnent sous les ordres des chimistes, et locaux, bios, conventionnels, appelle-les comme tu voudras, qui ont enfin décidé d'arrêter de percer ses mamelles ; ils tentent de semer un futur différent, mais les premiers les pulvérisent. Et encore et toujours les mastodontes qui concoctent leurs métacrimes en la tétant à l'excès. Elle est devenue leur fée électricité depuis qu'on roule tous indirectement à l'eau. Et puis, accessoirement, ses milliards d'amants, toujours plus nombreux à se disputer ses tétons. Vous pouvez faire comme si la catastrophe ne vous concernait pas ; il va quand même vous falloir commencer à réfléchir à l'eau-delà.»

Le polytechnicien décide d'arrêter ma formation. Quant à mon fils, il est reparti tellement remonté que je ne suis pas certain de le revoir de sitôt. Que faire ? Lancer un gros pavé dans ta mare ? Il n'y en a plus. Ta mare est dégoûtée, mais ils continuent à vouloir s'y baigner comme si de rien n'était. Même ce rien n'est plus, ou alors il se fait si discret que j'en arrive à souhaiter me prendre moi-même ce pavé sur l'orteil. Accepter ma mort dès demain ? Elle n'attendra pas que notre fils ait mon âge.

Je me rassure quand j'entends que tu fais crever ailleurs, plus au sud. Je fais semblant d'ignorer que le nord sera sous peu le sud. C'est pour ça que les sudistes débarquent par milliers. Eux aussi veulent continuer à vivre comme avant. Ils se fracassent sur tes côtes. Mais il n'y a rien à faire. Tu sais mieux que personne qu'il n'existe aucun traitement pour les côtes cassées. Seul le repos permet de s'en remettre. Le jour où on te mettra au repos, c'est qu'on sera devenus sages – ou morts. Vu la tendance, je parierais sur morts.

Si ça continue comme ça, on va bientôt devoir semer de l'eau. Ils sont venus te la réquisitionner pour continuer à pouvoir skier sur la neige qui ne tombe plus. Nos petits prophètes sont allés poser leurs tentes et leurs pancartes pour empêcher cette blancheur artificielle. Les élus ont demandé leur expulsion au motif que le ski génère vingt millions. En guise de protestation, dans les vitrines des magasins de sport, les mannequins se sont mis à poser nus. Il ne faut pas hésiter à casser les vitraux de certaines églises quand ils commencent à trop occulter la lumière divine.

Je viens de recevoir une carte postale de mon ours blanc. Il m'écrit que la pluie lui est tombée dessus pour la première fois. Je n'ai pas pu m'empêcher de penser que, même tout là-haut où elle n'a rien à faire, peut-être que comme ici, un jour, elle ne tombera plus non plus. Il conclut en écrivant que les scientifiques l'ont mis en cage pour qu'il ne lui arrive rien. Je ne sais pas si ce « l' » fait allusion à l'ours ou à la pluie. Tristes tropiques.

Notre fils m'a déposé un livre avec une dédicace : «Prouve-moi que j'ai raison de ne pas désespérer de toi.» Il s'agit d'un traité, d'une somme. La somme de tous mes crimes et de tous mes délits. La deuxième partie énonce les solutions pour s'en sortir. On m'a souvent dit, lui, toi, le procureur, tes avocats : «Vous ne pourrez pas dire que vous ne saviez pas!» Le fait est qu'à la lecture de ce livre, je m'aperçois que je savais. Chaque page est un coup de canif. Je réalise que j'ai tué notre fille par négligence, par ignorance, par désintérêt; dilapidé sa vie par inattention. J'ai arboré mon ignorance comme une innocence. J'ai approuvé des guerres qui donnaient des réponses à des questions qui n'étaient pas les leurs; ni les tiennes d'ailleurs. J'ai lancé : «Qui aime bien châtie bien!» Au mieux, j'aurai prouvé que je ne suis pas le seul à t'avoir châtiée. Les amants irascibles, bestiaux, violents, tu les auras collectionnés. Ils sont mon miroir et je les hais pour ça. Leurs bruits de bottes résonnent jusqu'au fond de ma cellule.

Une des solutions de ce livre devenu ma bible de chevet est : «Il faut sauver les arthropodes!» Jamais vu cette pancarte dans aucune salle à manger. Normal : personne ne sait ce que c'est. L'ignorance, les chimistes adorent ça. Leur meilleure façon de continuer à nous empoisonner, l'ignorance. Ils financent des scientifiques pour la propager. Ces vendus diplômés créent une science pour décrédibiliser la vraie, celle qui s'embarrasse de mots chiants comme rigueur, vérification, expériences, comités de lecture, publications. La leur ne vise qu'à noyer dans un océan d'opinions les revues scientifiques reconnues, respectées, établies. Ils recrutent sur les réseaux sociaux tous les malheureux qui ne cherchent qu'à les croire. Terreau inespéré pour planter leurs semences qui ne produisent pas de graines.

C'est quoi, les arthropodes ? Plus vieux que Jonathan la tortue, ils sont apparus eux aussi après toi ; il y a 540 millions d'années. Ce sont eux les premiers à t'avoir colonisée, pas moi ; les premiers vertébrés à avoir quitté l'eau. Précieux, comme toi ; ignorés, comme toi. Les décomposeurs sont les plus précieux : ils font circuler en toi l'énergie, la biomasse, l'humus à l'aide des champignons. Leur variété est infinie, enfin de moins en moins depuis qu'en 1948 le Suisse Paul Hermann Müller a reçu le prix Nobel pour sa découverte de la « grande efficacité du DDT en tant que poison contre divers arthropodes ».

Le DDT. Le dichlorodiphényltrichloroéthane a sauvé des millions de vies du typhus et du paludisme, c'est vrai. Mais aujourd'hui, il se retrouve sur la liste des « 12 salopards » de la Convention de Stockholm pour les chefs d'accusation suivants : désorganisation endocrinienne, naissances prématurées, Alzheimer, stérilité permanente, hypertrophie des ovaires, délétion de la spermatogenèse, cancérogénicité, lymphomes... Ce qui te soigne me tue. Ce qui me soigne t'empoisonne. On est imbriqués à la vie, à la mort. À la vie, paraît-il ; les chimistes qui nous soignentuent à feu doux se présentent toujours comme nos bienfaiteurs.

Nos bienfaiteurs mortels sont comme les minuscules arthropodes qu'ils exterminent ; invisibles à l'œil nu. Oui, invisibles à l'œil nu, ces mastodontes qui m'ont fait inhaler leurs produits pendant que je faisais la sieste. Ils sont tellement énormes que je ne les voyais plus. Multinationaux, ils présentent toujours le passeport qu'il faut pour se dédouaner. Infiltrés dans toutes les institutions afin de mieux s'infiltrer dans mon corps et dans mon esprit. Je pensais par eux et je crevais d'eux sans réagir plus que ça, alors que leur malfaisance a été actée, prouvée mille fois. Je savais tout et je ne faisais rien de ce tout que je savais. C'est la question. C'est la grande question. Celle que j'ai fuie trop longtemps et que j'aurais dû me poser sous peine de collaborer à l'enfer que vont vivre nos enfants ; et nous avec, puisque ton train roule beaucoup plus vite que prévu.

Plus d'un demi-siècle que la science nous met en garde. En 1970, Dennis et Donella Meadows avaient déjà sifflé la fin de la récré : «De persécuteurs, vous deviendrez victimes!» Meadows, ça veut dire prairies. Ils m'invitaient à les y rejoindre; à y faire une pause. Ils m'assuraient que l'enclos de tes limites était un lieu au-delà duquel il valait mieux ne pas s'aventurer sous peine de représailles. Leur livre avait fait un carton. Mais ça n'a pas suffi. Ça ne suffit jamais. Le monde leur avait répondu : «Oui, oui, bien sûr, vous avez raison.» Depuis, leur prairie a cramé. Aphones à force d'avoir gueulé, ils se contentent à présent d'énumérer les prochaines certitudes à subir. À subir de toi, puisque les rôles se sont inversés. De victime, tu es devenue persécutrice.

Dix ans avant les Meadows, une première infirmière s'était déjà levée. Elle s'appelait Rachel Carson. Comme la pollution rapporte, les chimistes ont étouffé celle qui dévoilait méthodiquement leurs sombres desseins. Ils se sont appliqués à la réduire, à l'assourdir, à la minimiser. Et, bien sûr, comme il s'agissait d'une femme, tous les clichés y sont passés. Un virus respiratoire la fit taire à jamais. *Printemps silencieux,* titre prémonitoire. Rachel Carson l'a écrit en 1962. Déjà plus de soixante ans. Pour ses vœux de nouvelle année 2023, le jeune président français, trop jeune peut-être, a demandé : «Qui aurait pu prédire, en 2022, la crise climatique ?» On se force à croire qu'il n'a pas écrit lui-même ce discours. Sur quelle planète habite celui qui le lui a rédigé ?

Tu les entends chialer aux jours anciens ? « Ça fonctionnait mieux avant. » Non : ça ne fonctionnait pas mieux avant. Et ça fonctionnera moins bien demain. Depuis le départ de notre fille, j'ai arrêté de chialer aux jours anciens. Quand je pense à son frère, je chiale aux jours prochains. J'en suis là. J'ai au moins le mérite de m'être réveillé. À l'instant. Enfin. À cause de la perte de ce qui ne se perd pas. Ne plus procrastiner, pour sauver ceux qui peuvent l'être et ce qui peut l'être. Pas grand-chose, je te le concède. Mais il faut arrêter, et que ça ne prenne pas aussi longtemps qu'avec les cigarettiers.

Oui, il faut arrêter. Arrêter de tendre nos micros aux avocats de ceux qui te-nous empoisonnent. Arrêter de les laisser empocher à court terme ce qui nous détruira dans la durée. Arrêter que l'intérêt général passe après l'intérêt de quelques particuliers. Arrêter que le doute profite aux criminels. Arrêter de croire que ce qui tue la vie, dans les champs préemptés par la mal-nommée entreprise rebaptisée MonSanté, ne nous décimera pas. Ses poisons atteignent la sève même de nos corps exténués : utérus, testicules, seins. Ses perturbateurs endocriniens, mal nommés eux aussi, font autrement plus que nous perturber. Les leucémies aiguës explosent chez les enfants de viticulteurs. MonSanté boira à la leur.

Leurs desseins sont criminels. Décupler la croissance. Encore et toujours elle. Cuirasser les frontières. Sécuriser l'approvisionnement. Brider le cours des matières premières. Contenir le prix du baril. Blinder les pipelines. Renforcer les bassines. Multiplier les batteries. Stocker l'électricité. Pêcher le lithium au fond des océans. Extraire le gaz de la roche. Il n'est plus question que de te confisquer. T'accaparer seulement t'accaparer. Voleurs d'amphores au fond des criques, la nuit ils mentent. Le jour aussi.

Ils mentent comme ils respirent (mal) pour continuer à hyperproduire. Ils hyperproduisent parce qu'on hyperconsomme ; ou le contraire, je ne sais plus. Multiplier leurs profits, c'est le seul paramètre qui gouverne ceux qui gouvernent nos gouvernants. Être hyperélu ou hyperprofiter à n'importe quel prix : même combat. Moins c'est cher, plus ils gagnent. Tout ce qui ne coûte rien broie les océans en porte-conteneurs. Le plus gros porte-conteneurs au monde est possédé par un armateur qui s'appelle Evergreen.

EVERGREEN ! Les mastodontes inégalitaires affichent désormais leurs mensonges sans pudeur. Les mastodontes hyperégalitaires aussi. Le bonheur de leurs citoyens passe par l'abondance inutile sans la liberté. Et nous, libres d'être des cons citoyens, ça nous rassure : on se dit qu'on ne vit pas dans une société d'abondance surveillée. On croit encore qu'abondance rime avec liberté. On oublie que chaque achat nous surveille. On achète par réflexe et plus par réflexion. La défécation exponentielle de nos déchets qui s'ensuit te souille et nous rouille. Ce marquage de notre territoire nous paraît d'autant plus nécessaire qu'il n'existe plus. On chie tous sur le même village en oubliant que c'est là qu'on habite.

Saupoudrer de durable n'atténuera pas les dégâts causés par ton surdéveloppement. S'ils continuent de te bourrer de protéines à muscles, leurs records du monde vont tomber plus vite que prévu. Ils s'en fichent. L'obsession du sportif serait de dépasser ses limites. Ils n'ont pas compris que, toi, c'est devenu ta hantise. Ils réinventent les dieux de l'Olympe pour faire oublier que les nôtres ne nous sauveront pas de ta fureur. Nous passerons nos dernières heures verrouillés dans les chaînes du froid d'un stade à air conditionné à jouer au foot sur de la moquette synthétique.

Sous les stades à usage unique, des milliers de travailleurs à usage inique, payés en espèces, enterrés en liquide, au black, d'or noir. En revanche, les musées achetés à la France se règlent par cheikhs. Tout comme les armes dernier cri, commandées en rafales par des pays qui s'obstinent à construire des immeubles qui ne savent pas nager. Il va falloir inventer un nouveau proverbe : « Avant moi, le déluge ! » Tu es devenue une inconnue à plusieurs équations dont aucune ne tombe juste. Ils en sont réduits à te résoudre à la roulette russe. Plus le temps passe, plus il y a de cartouches dans ton barillet.

Ils pensent te soigner à coups de grands chantiers. Le Grand Bond en avant a oscillé entre quinze et cinquante-cinq millions de morts, suivant le décompte de la police ou des syndicats. Quand nos intellectuels applaudissaient, ils nous fermaient les yeux. Même si on parvient à faire un Grand Bond en arrière, on oscillera entre cent cinquante et quatre cents millions d'engloutis dans la trappe de ton histoire, cette fois. Le nombre de tes derniers amants va devenir incalculable. Nous reposerons dans une fosse peu commune.

Quand les plus puissants et leurs conseillers anciens assurent que, désormais, ils te défendent, tout le monde est rassuré et va se coucher. Ils ne font rien d'autre que nous tendre des somnifères. Chaque fois qu'ils se réunissent, ils jurent avoir abouti à une décision historique, alors qu'il ne s'agit que d'une décision hystérique. Je le sais d'autant mieux que j'ai passé ma vie à faire comme eux : promettre de te faire croître dès que tu t'affaissais. Ils ne comprennent rien à notre irréductible vulnérabilité. Le problème, c'est qu'ils portent leur montre à l'envers. Alors que tu suffoques, ils nous obligent à respecter des délais en x exemplaires. Des associations de défense de toi se retrouvent en justice contre le ministère supposé te défendre !

Quand ceux qui devraient te porter assèchent les vagues fécondes, brident la houle de la dernière chance, et nous ensablent dans leur monnaie qui corrompt, il faut se résoudre à oublier l'urgence. C'est trop tard pour l'urgence. Alors, que faire malgré eux? Balancer des chiffres pour éveiller? Les chiffres racontent tout et n'importe quoi et surtout tout ce qu'on veut bien leur faire raconter. Quand on raconte que la population d'une de tes tribus a chuté de 57%, c'est une moyenne. Et les moyennes, tout le monde s'en fout. La tribu en question surtout. La moyenne, c'est cette grosse pilule qu'un jour tu ne pourras plus avaler. Une tribu qui chute, elle ne chute pas en moyenne. L'une d'elles a baissé de 94%. Les 6% restants, il ne faut pas leur parler de moyenne. Suivant le type de tribu, il faut leur tendre la patte, la nageoire, l'aile ou la brindille qui nous reste. Les chiffres mentent si bien qu'un jour ils ne serviront plus à rien. Il n'y aura plus de tribus à qui mentir. Ne subsisteront que tes derniers amants, dépouillés de toutes celles et ceux vassalisés par leurs soins égoïstes. Ils s'estomperont radioactivement à force de s'être pris pour des Rois Soleils.

Quand je parle de tribus, je parle de tous tes enfants. Bien au-delà des nôtres. J'ai enfin pris conscience que je ne suis qu'un amant parmi d'autres. Comme tous les sales gosses, j'ai trop longtemps cru que j'étais ton préféré. Un jour, j'ai buté sur un membre d'une de tes tribus : un dugong. Il ne s'est même pas lamenté. Il portait sur lui le regard de ceux sur lesquels on a trop buté. Il est végétalien ; il ne se nourrit d'aucune autre tribu. Il brasse les fonds et, de ce désordre, il éclôt la vie. Comme son cousin, le lamentin, il chante encore un peu de sa trompe élargie. Les femelles ont de gros seins qui excitent les pêcheurs : les hélices de leurs bateaux veulent en faire des amazones. Mais les dugongs ne sont pas des femmes guerrières. Elles vivent au ralenti ; c'est dire tout ce qu'elles ont compris.

Tu m'écris ne plus avoir de nouvelles de Melomys. Je me suis renseigné ; tu n'en entendras plus parler. Ce petit rongeur ne ronge plus. Son île, quelque part entre l'Australie et la Papouasie-Nouvelle-Guinée, a été submergée. Son nom de famille, c'était Rubicola. Plus personne ne le portera. On n'a plus de place pour ce saint dans le calendrier. On dit qu'il s'est éteint le 14 juin 2016. Son acte de décès date du 18 février 2019. On aura mis deux ans et huit mois à reconnaître que, pour la première fois, une tribu entière avait disparu du fait de ton incontinence. On n'est plus très loin du jour où, d'un de tes battements de cils, même la poésie s'éteindra. Ce jour-là, on n'y verra plus rien.

C’est fait. Il n’y a pas que le Melomys de Bramble Cay qui n’est plus. Toutes tes autres tribus sont en train d’y passer : en quarante ans, 69 % de tes tribus sauvages se sont évaporées. Terminé. Klaar. Mawie. U krye. Erledigt. Done. ተከናውኗል. فعله. Կատարված. কৰা হ'ল. Lurata. Bitdi. A kɛra. Eginda. सम्पन्न. हो गईल. Гатова. ပြီးပြီ။. Готово. Fet. Nahimo. Zatheka. 完畢. 已完成. ᏍᏛᏅ. 완료. Fattu. Fè. Gotovo. Udført. होई गेआ. Hecho. Farita. Valmis. Wɔe vɔ. Tehty. Dien. Dèanta. Wedi’i wneud. Okumala. შესრულებულია. થઈ ગયું. Έγινε. Apopyre. Anyi. Pau. בוצע. पूरण. Ua Tiav. Kész. Emechaala. Nalpasen. Selesai. Déanta. Búið. Fatto. 完了. Rampung. ಮುಗಿದಿದೆ. Дайын. រួចរាល់. Byakozwe. Бүттү. जालें. Dɔn. Kirin. ສໍາເລັດແລ້ວ. Gatavs. Esalemi. Padaryta. Ti zo. Gemaach. Направено. कयल गेल. ചെയ്തു. ނިމިއްޖެ. Hatao. Magħmul. Kua oti. झाले. Дууслаа.. Paveikts. Atlikta. Beëindigd. समाप्त भयो. Endte. ସମାପ୍ତ. Xumurame. ئاخىرلاشتى. ختم ہوا۔. Tugadi. ختم شو. ਬੰਦ ਹੋ ਗਿਆ. به پایان رسید. Zakończony. Feito. Tukusqa. Încheiat. Завершено. Fa’ai’u. समाप्तम्. Yakapera. ختم ٿيو.

Ukončený. Končano. Dhamaaday. کۆتایی هات. Go fedile. E felile. Réngsé. Slutade. Imeisha. Ба охир расид. Tukusqa. Natapos. முடிந்தது. Ахыры. Tukusqa. Skončilo. ముగిసింది. สิ้นสุดแล้ว. ተዛዚሙ. Swi herile. Bitti. Soňy. Đã kêt thúc. Iphelile. געענדיקט. Ti pari.

J'aurais aimé traduire cette perte dans la langue de chacune de tes tribus. Mais là, il y a du bruit. Partout. Autour. En moi. Bruit de ton train qui file entre mes tripes. Train du bruit, de l'hiver ardent dans ton sillage, train de nos prophètes oubliés, petits et grands, jeunes et plus jamais vieux.

Tu seras encore plus inégalitaire que nous ne l'avons été entre nous. Ou peut-être ne choisis-tu justement pas ? Tu sembles te complaire dans cette forme d'injustice. Tu ne vas pas nous détruire tous d'un coup. Ton bras vengeur n'obéira à aucune logique. L'incertitude sur le sort de chacun fera partie du raffinement de ta vengeance. Je sens que tu vas bientôt me faire subir une mort lente dont le seul espoir résidera dans celui d'une torture plus rapide que celle que tu as commencé à m'infliger. Est-ce pour amplifier ma honte que tu te venges sur les plus vulnérables, sur ceux qui t'ont le moins déshonorée ? Tu fais crever d'un cancer du poumon ceux qui fument le moins.

Si seulement nos enfants pouvaient avoir tort. Si leurs prédictions pouvaient n'être que des cauchemars qui s'évaporent en allumant une veilleuse. Si on pouvait leur mentir encore une fois pour leur bien. Le problème, c'est qu'ils n'ont plus peur. Comment les apaiser d'une main sur le front dès lors que l'indicible a déjà été scientifiquement acté ? Difficile de les détourner à l'aide d'une fable ou d'un conte. Impensable de leur expliquer que la sorcière qui va tout anéantir, c'est leur mère. Inconcevable de leur avouer que ta réaction est la conséquence de tout ce que je t'ai fait. Comment dire à ses propres enfants que les parents qui leur ont donné la vie sont leurs assassins ? Comment leur expliquer que les milliards de victimes déjà en joue sont elles aussi les milliards de criminelles dont ils sont les victimes ? Qui dénoncer lorsqu'on est réduit à porter plainte contre soi ? Comment construire ce récit insensé où les méchants sont les gentils ?

Nouvel an, nouvelle résolution : t'écrire. Il me reste trente jours parce que janvier me fait la grâce d'être sur son trente et un. Trente jours pour te calligraphier. Pas facile. Tu es une fenêtre sans murs, une porte sans poignées, un toit à ciels ouverts qui dilapide ce qu'il reste d'énergie. On n'isole pas une ruine. On l'enveloppe d'un ruban pour scènes de crimes. On la scelle pour que justices se fassent. On laisse témoigner la béance de ses blessures. Tu es fragile comme une lame. Si tu deviens plus fragile, tu décapiteras le soleil, sa tête roulera à terre, et je ne trouverai plus jamais mon ombre.

Sans soleil, ne reste que l'écriture pour m'éclairer. Mes feuillets braillent. Je leur donne ce que j'ai. C'est-à-dire pas grand-chose. C'est-à-dire tout. Écrire est un sprint-marathon. Il va me falloir une putain de condition physique pour remporter cette épreuve ; la dernière. Je me rends chaque matin sur le pont pour écoper avec ma plume ce dont on va tous écoper, ce dont on écope tous déjà. Ils sont pourtant nombreux, ceux qui persistent à proférer non sans mépris pour toi : « Même pas mal ! » Je ne peux plus le dire. Chaque matin, j'ai mal à ma plume témoin. J'ai mal d'avoir été si longtemps indifférent à tes règles douloureuses. Je les perçois en décalé depuis qu'elles ne sont plus. Comme toute vengeance, elles dévorent mon ventre à froid.

Mea culpa : Je suis ce vieillard au passé millénaire qui aura laissé faire. Je suis ce lecteur trop tard, ce lecteur avarié dont les voies d'eau asséchées se sont muées en voies de garage. Dead end. Invisible, mon encre pas très sympathique refuse d'apparaître sous ta flamme à jamais gelée. Je vais tâcher de t'écrire à tâtons pendant que les migrateurs s'envolent vers de nouvelles profondeurs.

Il me faut écrire comme un fou si je veux te sauver. Écrire la nuit dans le chaos de la pluie qui ne tombe plus. Comme la pluie, ne plus tomber et me taire. Me taire devant ta légitime défiance. Écrire feuille à l'envers pour remettre de l'ordre. Me taire pour te délester. Écrire dans le silence de mes certitudes. Écrire l'incertitude est un pléonasme. Celui qui écrit ce qu'il sait est un menteur. Je t'ai menti toute notre vie en t'accablant de réponses préfabriquées pour dévier tes questions en colère. Rassurer les tombes terrorisées par tes nouveaux rituels aléatoires. Écrire pour désamorcer ta parole trop longtemps recluse.

Écrire pour arrêter de taire que chaque enfant naît intoxiqué. Déjà. La chimie ne date pas de moi. Elle date des rats, des nuisibles, des camps, des Juifs et des Tziganes. Ils se sont bornés à changer l'étiquette de leurs produits. On respire tous du Zyklon B, C, D… Quand les chimistes se font choper, ils salissent une nouvelle lettre de l'alphabet.

Écrire pour souder leurs lèvres, pour que leurs mots coulent à reculons. Leur théorie du complot rend les miens infertiles. Mes phrases s'ensablent. Je trace sur ce sable mouvant le récit de mon éradication prochaine. Certains affirment que je ne suis pas l'auteur de ce récit, que, comme les industriels, je sous-traite les services d'un écrivain fantôme. À ce stade, on se fout de savoir qui écrit. La seule chose qui compte, c'est de changer de narration. Plus question de prophétiser l'avenir. Écrire pour tenter de traduire le monde de demain qui est arrivé depuis un bon moment. Les yeux calfeutrés, je vis déjà ce que nos enfants prédisaient du temps où je n'arrivais pas à voir ce dont ils parlaient. L'écriture peut-elle découdre les paupières ?

Il me faut me jeter dans l'écriture de toi sans quille et sans gouvernail. Mal barré. Je suis un apprenti poète qui ne sait pas vers quel vers se tourner. Un auteur dramatique (entends-le comme tu voudras), auteur d'une tragédie inaudible. Sur mon cahier virtuel se répandent des traces, poussières de cailloux qui butent sur tes ponts écroulés. Je m'étends sur tes pierres offertes comme autant d'entrailles.

Tous les matins, je m'abreuve avec rage à tes ruisseaux offensés. Je lis tout ce qui me traîne vers toi. J'ai besoin de ce poison pour mieux t'écrire. Mais pas d'inspiration ce matin, à l'heure où jaunit la campagne. Je m'accroche à ma tablette écologique, mais elle traduit n'importe quoi, ma tablette. Elle transforme en caractères d'imprimerie des mots que ma main n'a pas prononcés. Elle trahit ma pensée. Le gouvernement des machines nous trahira. Il nous trahit déjà. Rien ne vaut le bon vieux papier, cette bonne vieille branche à l'ombre de laquelle on grave des cœurs qui crevassent notre écorce. Pourchassés, les arbres se font plus rares. Un jour, j'irai graver ton cœur sur une brindille NFT.

T'enregistrer au moins un mot depuis ma planque coincée entre chiens et loups. Laisser la tiédeur de l'obscurité reconstituer un semblant d'alphabet. Débarqués dans l'urgence pendant que le temps s'évade, des lambeaux passagers s'écrivent sous ma voix. Ne plus dîner. Donner le sein à l'aube. Donner, c'est plus important.

Écrire pour dévisser les barreaux qui te strient comme une déportée. Bricoler un dictionnaire de mots inconnus. M'en servir pour contenir ton irruption à venir, ta dévastation ô combien annoncée, le séisme de tes mouvements les plus infimes. Expliquer aux enfants que leur colère tient du soupir comparée à la tienne. Brider le paragraphe consacré à la destruction issue de ton bras que je n'ai cessé d'armer. Rassembler un escadron constitué d'un traité scientifique, d'un essai, d'un récit, d'un guide pratique, d'un conte et, si ça ne suffit pas, d'une poésie. Les mettre en joue pour asseoir leur fragilité. Fabriquer des phrases toutes neuves avec des connaissances recyclées.

Bien sûr, un chef-d'œuvre ne se décrète pas. Enseveli sous mon savoir comme sous une avalanche, j'en viens à me demander si le simple fait de pisser sous mes livres me montrerait la voie, me permettrait de me retrouver à l'air vraiment libre, affranchi de ma culture qui t'a dévastée. Commencer par désinfecter ma chair harassée de pensées, lui faire cracher son tout dernier venin, et laisser éclore du vide accumulé quelques phonèmes prêts à s'assembler pour ton bien. Quand j'y arrive, des centaines de pages m'assaillent comme si mon style devait, lui aussi, être condamné à n'être plus régi que par tes extrêmes. J'ai remisé l'espoir d'araser des siècles d'ignorance. Si je parviens à reconnaître la mienne, j'aurai contribué à mettre un terme à toutes tes vies mutilées.

Mes dessins de phrases stagnent dans la marée noire de mon encrier. D'où vient cette impuissance à libérer la rage qui m'étrangle ? Ma rage de rester si poli avec ceux qui te dévastent et dévastent nos enfants. Et les leurs. Ces criminels sont fascinants. Ces promoteurs de ta croissance sans fin agissent comme si ça ne les concernait pas. Comme si les microparticules s'arrêtaient à leurs fenêtres. Comme si les poissons qu'ils consomment n'ingéraient pas de plastique. Comme si la viande aux antibiotiques et aux hormones qu'ils dévorent ne produisait pas de CO_2. En fait, il n'y a que ma courtoisie qui les protège. Si ça ne me tuait pas, je dirais « mon savoir-vivre ». Pourquoi cette bienveillance à l'endroit de ceux qui nous suicident à petit feu ? Peut-être parce que j'en ai fait partie.

Retour à l'écriture. J'écris des pages qui, comme toi, se refusent. Je ne trouve plus les sorties de secours par lesquelles j'étais entré dans ta vie. Je sème des syllabes sans issues. Des paragraphes murés, accroupis sans détente aucune. Recouverts de laine de verre chaude comme l'enfer. De laine aiguisée à s'en taillader l'inspiration. À cause de cette laine qui fait sas, viendra un jour au rabais où mon stylo se consumera entre mes doigts. Ce jour-là, je ne pourrai plus témoigner de ma nouvelle innocence. Ni plaider coupable mais pas responsable. Mon avocate aura beau faire des moulinets avec ses grandes ailes noires pour m'arracher du sol, sa plaidoirie sera à charge sans même qu'elle s'en rende compte. Non, décidément, ne me reste que l'écriture, chauve comme la lune, entassée ras telle une vertèbre vidée de sa gélatine, inquiète de se lier à la prochaine consonne.

Chaque ligne menée à la frontière de la page est une victoire, une imperceptible respiration qui vient cribler l'apnée de mes défaites. Pourquoi m'accrocher au mirage de ta résilience ? Pourquoi espérer que tu remontes ton rideau de plomb au lieu de le laisser achever ta pièce dont les enfants connaissent par cœur la fin qui est la leur ?

Tu grommelles un tremblement qui fait dire à Richter lui-même que son échelle est trop courte. Tu marmonnes qu'il faut engager un dialogue avec toi. En utilisant d'autres mots. Un vocabulaire à ta hauteur. Tu dis que la science a fait son boulot. Que lutter contre l'inertie qui tue est désormais affaire d'écrivains. Il est temps qu'ils se remuent, eux, tremblent à leur tour, descendent de leurs étagères, dépoussièrent leur style et trouvent l'inspiration pour t'inspirer. Pour nous sauver, il urge qu'ils abandonnent sur un champ, même désolé, la totalité de leurs ignorances qui nous ont fait te lire de travers.

J’ai besoin d’une respiration avec toi.

Dernière requête. Il paraît que Molière voulait mourir sur scène et que Tabarly a dû être heureux de partir sur son voilier. J'aimerais être condamné à mourir imbriqué en toi, comme l'ultime acte d'amour d'une violence qui m'aura caractérisé. Érection finale, debout le damné de toi, tel un pieu qui, loin de faire périr le cyclope que tu es, trouve la mort dans le fait de s'être embroché à celle qui ne périt pas. Un phallus dont l'orgasme ne transmet pas la vie mais le trépas. Il va falloir que je commence à m'habituer à toutes ces logiques qui ne le sont plus. Faire l'amour pour la dernière fois ne me mènera plus à la délicieuse petite mort dont je me réveille tout détendu. Oui, comme ultime prière, faire l'amour. Es-tu prête à faire la mort avec moi ?

Depuis la mort de notre fille, ma fin me frôle de plus en plus près. Au fond, ils ont raison, ceux qui me critiquent : ce jour-là, je suis devenu un fantôme. Aujourd'hui, je suis un fantôme écrivain. J'écris pour les autres ; je n'écris plus pour moi. J'aurai au moins accompli ça. Mais de ma lucarne, l'édifice de mes mots vacille au moindre souvenir. Mes ongles moites s'agrippent à des pages trop blanches ; la couleur des oiseaux leur fait défaut. Ils ne se cachent plus pour mourir. Ils s'emplafonnent sur nos prisons vitrées.

Le matin, il arrive aux oiseaux de ne plus me réveiller. Sans eux, ce livre sur toi sera moins volumineux que prévu. Leur mutisme gommera de ma table des matières des chapitres orphelins de leurs plumes. Chaque matin, des tribus manquent à l'appel. Je déchire les pages qui leur étaient dédiées. Leur absence commence à peser plus lourd que leur présence passée. Ma fiction s'affine au fur et à mesure que leur inexistence s'y immisce. La brutalité des faits décline la litanie des crimes que tu commets. Mon style fuit dès que ta vérité m'approche. Mon écriture craintive préservera-t-elle nos enfants de tes humeurs ?

Assez de questions. Tu m'as assez entendu. Je dois accepter que tu ne me répondes plus. Accepter d'être une voix parmi d'autres. Viser plus bas. Chuchoter à ma place, décentré. Me ranger en retrait, accepter enfin de n'être pas. Non : n'être pas est encore prétentieux. N'être pas le tout. Dialoguer avec tes tribus, avec l'air qu'elles éclairent, avec la plante de leurs pas. M'inspirer de la plus modeste de tes ondes. La laisser sinuer, indispensable. L'observer, affranchi du besoin d'y déverser mes fantasmes et mes déchets, de modifier son cours, de la barrer ou de la tarir. M'asseoir sur sa berge. M'irriguer de son lit. Suivre son impermanence.

Post-scriptum : Tu trouveras mon livre sur le seuil de ce qui te reste de rivages. Un livre est un bien durable : pas de date d'expiration. Il échappe ainsi à l'obsolescence programmée, première leçon à méditer. C'est même le contraire : plus il a traversé le temps, plus sa valeur est grande, inversement proportionnelle à sa valeur marchande, deuxième leçon à méditer. C'est un bien renouvelable : il peut se relire et se prêter des milliers de fois. Sa générosité intrinsèque est une troisième leçon à méditer. C'est un bien déconnecté. Quand je me déconnecte, je suis à nouveau en lien avec toi, quatrième leçon à méditer. C'est un bien que je lègue à nos enfants et aux enfants de leurs enfants. C'est un bien qui se transmet dans le silence d'une solitude apaisée. À méditer.

double vitrage

noircis par l'huile trop extraite
me coiffer dans tes yeux
et rallumer la mèche

dans tes yeux mes yeux mais
ma mémoire cire demeure gelée
suspendue à la goutte d'un cil

miroir empaillé tes yeux
l'amour un trophée sur le mur
tes yeux biche ouverts pour l'éternité

Remerciements

À Céline Thoulouze, mon éditrice, sous le balcon de laquelle j'ai fredonné *Le dernier amant* tous les matins dès l'aube.

À Franck Gossmann, mon ami permaculteur avec lequel, au lieu de critiquer le monde d'avant ou de rêver le monde d'après, j'essaye d'ensemencer le monde d'aujourd'hui en dialogues humains et non humains.

Bibliographie

Vincent Albouy, Denis Richard et Pierre-Olivier Maquart, *L'Adieu aux insectes. Pourquoi ils disparaissent,* Ulmer, 2020

Gaspard d'Allens, *Main basse sur nos forêts,* Seuil/Reporterre, 2019

Günther Anders, *L'Obsolescence de l'homme. Sur l'âme à l'époque de la deuxième révolution industrielle,* Encyclopédie des nuisances/Ivrea, 2022

—, *L'Obsolescence de l'homme (Tome II). Sur la destruction de la vie à l'époque de la troisième révolution industrielle,* éditions Fario, 2012

Kip Andersen, *Cowspiracy. The Sustainability Secret,* Earth Aware Éditions, 2016

Ivo Andrić, *Contes de la solitude,* Zulma, 2023

Mathieu Arnoux, *Un monde sans ressources. Besoin et société en Europe (XIe-XIVe siècles),* Albin Michel, 2023

Christian Arnsperger, *L'Existence écologique. Critique existentielle de la croissance et anthropologie de l'après-croissance,* Seuil, 2023

Christian Arnsperger et Dominique Bourg, *Écologie intégrale. Pour une société permacirculaire,* PUF, 2017

Antonin Artaud, *Aliéner l'acteur,* Grevis, 2023

Association Sauvons le climat, *Le Livre blanc Climat Énergie. Ne gaspillons pas un nouveau quinquennat,* Les Unpertinents, 2022

Lionel Astruc, *Vandana Shiva. Pour une désobéissance créatrice,* Babel, 2021

Serge Audier, *La Société écologique et ses ennemis – Pour une histoire alternative de l'émancipation,* La Découverte, 2017

—, *La Cité écologique. Pour un éco-républicanisme,* La Découverte, 2020

Henry Augier, *Le Livre noir de l'environnement. État des lieux planétaire sur les pollutions,* Éditions Alphée, Jean-Paul Bertrand, 2008

Jean Baechler, *Écologie ou écologisme ? Raison et pertinence des politiques environnementales,* Hermann, 2020

Claire Baglin, *En salle,* Minuit, 2022

Myriam Bahaffou, *Des paillettes sur le compost. Écoféminismes au quotidien,* le passager clandestin, 2022

Dominique Barbier, *Hypernarcissisme ou psychose ordinaire,* Odile Jacob, 2022

Aurélien Barrau, *Le Plus Grand Défi de l'histoire de l'humanité,* Michel Lafon, 2019

Nathalie Bastianelli, *Quand la Chine s'éveille verte... – Un témoignage inédit sur les Chinois qui s'engagent pour la planète,* l'aube, 2021
Christophe Bataille, *La Brûlure,* Grasset, 2021
Célia Bauvais, *L'Influence des groupes d'intérêt privé en Europe. Le cas du glyphosate,* Éditions Universitaires Européennes, 2019
Toufic Beainy et Nicolas E. Faure, *Multinationales ou mafia ? Vers une planète bananière,* Amazon, 2022
Rémy Beau et Catherine Larrère, *Penser l'Anthropocène,* Presses de Sciences Po, 2018
Viviane de Beaufort, *Du lobbying au e-lobbying,* Larcier, 2019
John Bellamy Foster et Brett Clarck, *Le Pillage de la nature,* Éditions Critiques, 2022
Jeanne Benameur, *La Patience des traces,* Actes Sud, 2022
Daniel Benamouzig et Joan Cortinas Muñoz, *Des lobbys au menu. Les entreprises agro-alimentaires contre la santé publique,* Raison d'agir éditions, 2022
Henrik Berggren, *Dag Hammarskjöld. Porter le monde,* Éditions du Félin, 2022
Georges Bernanos, *Les Grands Cimetières sous la lune,* Plon, 1938
—, *La France contre les robots,* Le Castor Astral, 2017
Hughes Bersini, *Algocratie. Allons-nous donner le pouvoir aux algorithmes ?,* De Boeck Sup, 2023
Benoît Berthelier, *Le Sens de la terre. Penser l'écologie avec Nietzsche,* Seuil, 2023
Michaël Berthoud, *54 plantes sauvages comestibles de Suisse romande et d'ailleurs. Cueillir et se nourrir des offrandes de la nature,* Attinger, 2021
Jean-François Billeter, *Pourquoi l'Europe : réflexions d'un sinologue,* Allia, 2020
Sébatien Bohler, *Le Bug humain. Pourquoi notre cerveau nous pousse à détruire la planète et comment l'en empêcher*, Pocket, 2021
—, *Human psycho. Comment l'humanité est devenue l'espèce la plus dangereuse de la planète*, Bouquins, 2022
—, *Où est le sens ?,* Pocket, 2022
Roberto Bolaño, *Nocturne du Chili,* Christian Bourgois, 2007
Michel Bosquet (André Gorz), *Écologie et politique suivi de Écologie et liberté,* Arthaud, 2018
Dominique Bourg, *Le Marché contre l'humanité,* Puf, 2020
Dominique Bourg, Clémence Demay et Brian Favre, *Désobéir pour la terre – Défense de l'état de nécessité,* Puf, 2021
Gerd Brantenberg, *Les Filles d'Égalie,* Zulma, 2022
Natasha Brown, *Assemblage,* Grasset, 2023
Pascal Bruckner, *Le Sacre des pantoufles. Du renoncement au monde,* Grasset, 2022

—, *Dans l'amitié d'une montagne. Petit traité d'élévation,* Grasset, 2022
Camille Bruneau et Christine Vanden Daelen, *Nos vies valent plus que leurs crédits. Face aux dettes, des réponses féministes,* Le passager clandestin, 2022
Christian Buchet, *Osons la mer,* le cherche midi, 2022
Roberto Calasso, *La Folie qui vient des Nymphes,* Flammarion, 2012
—, *Les Noces de Cadmos et Harmonie,* Gallimard, 2021
Italo Calvino, *Monsieur Palomar,* Gallimard, 2019
T. Colin Campbell & Howard Jacobson, *Whole, rethingking the science of nutrition,* BenBella Books, 2013
T. Colin Campbell & Thomas M. Campbell II, *The China Study,* BenBella Books, 2016
Albert Camus, *Prométhée aux enfers,* Folio, 1972
Alice Canabate, *L'Écologie et la narration du pire. Récits et avenirs en tensions,* Les Éditions Utopia, 2021
Karel Čapek, *L'Année du jardinier,* l'aube, 2021
Rachel Carson, *Printemps silencieux,* Wildproject, 2020
—, *La Mer autour de nous,* Wildproject, 2020
William R. Catton Jr., *Overshoot. The Ecological Basis of Revolutionary Change,* University of Illinois Press, 1982
Javier Cercas, *L'Imposteur,* Actes Sud, 2015
Dipesh Chakrabarty, *Après le changement climatique, penser l'histoire,* Gallimard, 2022
Émeric Challier, *Le Livre vert 2022,* Le Pommier, 2021
Bernard Charbonneau & Jacques Ellul, *Nous sommes des révolutionnaires malgré nous,* Seuil, 2014
Pierre Charbonnier, *Culture écologique,* Les Presses de Science Po, 2022
Paul-H. Clayes, Corinne Gobin, Isabelle Smets & Pascaline Winand, *Lobbyisme, pluralisme et intégration européenne,* European University Press, 2000
Hugo Clément, *Journal de guerre écologique*, Fayard, 2020
Collectif, *Penser le vivant,* Les liens qui libèrent/L'OBS, 2021
Joseph Conrad, *Au cœur des ténèbres*, introduction et traduction de Jean-Jacques Mayoux, GF Flammarion, 2017
Rachel Cusk, *La Dépendance,* Gallimard, 2022
Giuliano da Empoli, *Les Ingénieurs du chaos,* JC Lattès, 2019
Louis-Philippe Dalembert, *Mur Méditerranée,* Points, 2020
Giacomo D'Alisa, Federico Demaria et Giorgos Kallis, *Décroissance. Vocabulaire pour une nouvelle ère,* Le passager clandestin, 2015
Antonio R. Damazio, *L'Erreur de Descartes. La raison des émotions,* Odile Jacob, 2020
Christina Dean, Hannah Lane et Sofia Tärneberg, *S'habiller (avec)*

éthique. Guide pratique pour une garde-robe responsable, Pyramyd, 2017
Orsola de Castro, *Choisir une mode durable. Quand raccommoder et porter longtemps ses vêtements devient un acte révolutionnaire,* Marabout, 2021
François Dedieu, *Pesticides. Le Confort de l'ignorance,* omnisicence, 2012
Clara Delpas, *Chroniques de la biopiraterie. Du pillage au partage,* Omnisicence, 2012
Philippe Descola, *L'Écologie des autres. L'anthropologie et la question de la nature,* Éditions Quae, 2021
—, *Une écologie des relations,* CNRS Éditions, 2022
—, *Par-delà nature et culture,* Gallimard, 2022
Philippe Descola et Alessandro Pignocchi, *Ethnographies des mondes à venir,* Seuil, 2022
Marcel Detienne, *Comparer l'incomparable, Points* Seuil, 2009
— Collectif sous la direcction de, *Qui veut prendre la parole ?,* Seuil, 2003
Guy Deutscher, *Quelle croissance pour un monde fini ?,* EDP Sciences, 2017
Jared Diamond, Helene Borraz, *Bouleversement. Les nations face aux crises et au changement,* Gallimard, 2020
Jared Diamond, *Effondrement,* Folio, 2020
Diaty Diallo, *Deux secondes d'air qui brûle,* Seuil, 2022
Georges Didi-Huberman, *Le Danseur des solitudes,* Minuit, 2018
—, *Le Témoin jusqu'au bout,* Minuit, 2022
—, *Brouillards de peines et de désirs,* Minuit, 2023
Joan Didion, *L'Année de la pensée magique,* Le Livre de Poche, 2022
—, *Le Bleu de la nuit,* Le Livre de Poche, 2022
Michel Dion et Mariette Julien, *Éthique de la mode féminine,* Puf, 2010
Alba Donati, *La Librairie sur la colline,* Globe, 2022
Tom Dubois, Christophe Gay, Vincent Kaufmann, Sylvie Landriève, *Pour en finir avec la vitesse,* L'aube, 2021
Gérard Ducert, Moutsie, *Récolter les jeunes pousses des plantes sauvages comestibles,* Éditions de Terran, 2015
Marc Dugain et Christophe Labbé, *L'Homme sans contact*, Éditions de l'Observatoire, 2022
Jean-Pierre Dupuy, *Pour un catastrophisme éclairé. Quand l'impossible est certain*, Points Seuil, 2004
Umberto Eco, *Sur les épaules des géants*, Grasset, 2018
Les Économistes atterrés, *De quoi avons-nous vraiment besoin ? Une invitation à distinguer l'essentiel du superflu et l'utile du nuisible*, Les liens qui libèrent, 2022
Isik Ergüden, *Que les ténèbres soient !,* Kontr, 2019

Maria Ernestam, *Les Oreilles de Buster*, Points, 2015
Frantz Fanon, *Peau noire, masques blancs*, Babel, 2013
Franz Michael Felder, *Scènes de ma vie*, Verdier, 2014
Jérôme Ferrari, *Le Sermon sur la chute de Rome*, Actes Sud, 2012
Sylvie Ferrari, *Nicholas Georgescu-Roegen & la bioéconomie*, Le Passager Clandestin, 2023
Georges Feterman et Gilles Lerouvillois, *Le Climat à petits pas*, Actes Sud, 2005
Gustave Flaubert, *La Légende de Saint Julien l'hospitalier*, Gallimard, 1995
Cynthia Fleury et Anne-Caroline Prévot, *Le Souci de la nature – Apprendre, inventer, gouverner*, CNRS Éditions, 2020
Jonathan Safran Foer, *L'avenir de la planète commence dans notre assiette*, Éditions de l'Olivier, 2019
—, *Faut-il manger les animaux ?*, Points Seuil, 2012
Michaël Foessel, *Après la fin du monde. Critique de la raison apocalyptique*, Seuil, 2012
Marc Fontecave, *Halte au catastrophisme ! Les vérités de la transition énergétique*, Flammarion, 2020
Élisabeth de Fontenay, *Le Silence des bêtes. La philosophie à l'épreuve de l'animalité*, Fayard, 1998
Stéphane Foucart, Stéphane Horel et Sylvain Laurens, *Les Gardiens de la raison. Enquête sur la désinformation scientifique*, La Découverte, 2020
Thierry Frémaux, *Si nous avions su que nous l'aimions tant, nous l'aurions aimé davantage*, Grasset, 2022
Masanobu Fukuoka, *La Révolution d'un seul brin de paille – Une introduction à l'agriculture sauvage*, Guy Trédaniel, 2014
Errol Fuller, *Animaux disparus. Histoire et archives photographiques*, delachaux et niestlé, 2014
Marcial Gala, *Appelez-moi Cassandre*, Zulma, 2019
Tristan Garcia, *Laisser être et rendre puissant*, Puf, 2023
Gauz, *Debout-payé*, Le Livre de Poche, 2022
François Gemenne, *L'écologie n'est pas un consensus – Dépasser l'indignation*, Fayard, 2022
François Gervais, *Impasses climatiques. Les contradictions du discours alarmiste sur le climat*, L'Artilleur, 2022
Pierre Gilbert, *Les Armes de la transition. L'intelligence collective au service de l'écologie*, Les Petits Matins, 2021
Jean Giono, *L'homme qui plantait des arbres*, Folio, 2021
Gaël Giraud et Felwine Sarr, *L'Économie à venir*, Les liens qui libèrent, 2021
Françoise Gollain, *André Gorz & L'écosocialisme*, Le passager clandestin, 2021

Ivan Gontcharov, *Oblomov*, Le Livre de Poche, 2018
Jane Goodall, *Graines d'espoir. Sagesse et merveilles du monde des plantes*, Actes Sud, 2015
—, *Nous sommes ce que nous mangeons*, Babel, 2021
André Gorz, *Le Fil rouge de l'écologie*, Éditions EHESS, 2017
—, *Leur écologie et la nôtre. Anthologie d'écologie politique*, Seuil, 2020
Sophie Gosselin et David gé Bartoli, *La Condition terrestre – Habiter la Terre en communs*, Seuil, 2022
Dave Goulson, *Le Jardin jungle. Arche de biodiversité*, Rouergue, 2021
—, *Terre silencieuse. Empêcher l'extinction des insectes*, Rouergue, 2022
Sibylle Grimbert, *Le Dernier des siens*, Anne Carrière, 2022
Daniel Guéguen, *Lobbyiste. Révélations sur le labyrinthe européen*, Anthemis, 2021
Hubert Haddad, *Les Coïncidences exagérées*, Mercure de France, 2016
Dag Hammarskjöld, *Jalons*, Plon, 1966
Knut Hamsun, *La Faim*, Puf, 2017
Julien Hanoteau, *Lobbying et marchés de permis d'émission. L'économie politique de la réglementation environnementale*, Éditions Universitaires Européennes, 2010
Bernard E. Harcourt, *La Société d'exposition. Désir et désobéissance à l'ère numérique*, Seuil, 2020
Paul Hawken, *Drawdown. Comment inverser le cours du réchauffement planétaire*, Actes Sud, 2019
Didier Helmstetter, *Le Potager du paresseux. Produire en abondance des légumes plus que bio sans compost, sans travail du sol, sans buttes*, Tana, 2019
Sylvestre Huet, *Le GIEC Urgence Climat. Le rapport incontestable expliqué à tous*, Tallandier, 2023
Sylvestre Huet et Gilles Ramstein, *Le Climat en 100 questions*, Tallandier, 2022
Yuk Hui, *La Question de la technique en Chine*, éditions divergences, 2021
Nicolas Hulot, Nicolas Astruc et Vandana Shiva, *Le Cercle vertueux. Entretiens avec Lionel Astruc*, Actes Sud/Les liens qui libèrent, 2018
Claudie Hunzinger, *Un chien à ma table*, Grasset, 2022
Ivan Illich, *Énergie et équité*, Arthaud, 2018
Jean-Marc Jancovici, *Le changement climatique expliqué à ma fille*, Seuil, 2017
—, *Dormez tranquilles jusqu'en 2100 et autres malentendus sur le climat et l'énergie*, Odile Jacob, 2019
Antonythasan Jesuthasan, *La Sterne rouge*, Zulma, 2022
Hans Jonas, *Le Principe responsabilité*, Flammarion, 2013
—, *Une éthique pour la nature*, Arthaud, 2017
Pierre-Albert Jourdan, *L'approche*, Éditions Unes, 1984

Jean Jouzel, *Climats passés, climats futurs*, CNRS Éditions, 2019
Jean Jouzel & Baptiste Denis, *Climat : Parlons vrai*, Les Pérégrines, 2021
Jean-François Julliard, *Climat : 5 ans pour sauver notre humanité. Ce que la France doit faire*, Tallandier, 2022
Luba Jurgenson, *Sortir de chez soi*, La Contre Allée, 2023
Zeynep Kahraman, André-Jean Guérin et Jean-Marc Jancovici, *Décarbonons ! 9 propositions pour que l'Europe change d'ère*, Odile Jacob, 2017
Giorgos Kallis, *Éloge des limites. Par-delà Malthus*, Puf, 2022
Stephen King, *La Ligne verte*, Le Livre de Poche, 1997
Katie Kitamura, *Intimités*, Stock, 2023
Gilles Laissard, *L'Eau pour votre santé,* Dangles, 1984
Sébastien Lapaque, *Georges Bernanos encore une fois,* Les Provinciales, 2018
Serge Latouche, *« Les précurseurs de la décroissance ». Une anthologie,* le passager clandestin, 2016
Bruno Latour, *Face à Gaïa. Huit conférences sur le nouveau régime climatique,* Les empêcheurs de tourner en rond/La Découverte, 2015
—, *Où atterrir ? Comment s'orienter en politique,* La Découverte, 2017
—, *Où suis-je ? Leçons du confinement à l'usage des terrestres,* Les empêcheurs de tourner en rond, 2021
—, *Nous n'avons jamais été modernes. Essai d'anthropologie symétrique,* La Découverte, 2022
Bruno Latour et Nikolaj Schultz, *Mémo sur la nouvelle classe écologique,* La Découverte, 2022
Pascale Laussel, Marjolaine Boitard et Gaëtan du Bus de Warnaffe, *Agir ensemble en forêt. Guide pratique, juridique et humain,* Charles Léopold Mayer, 2017
Chantal de Laveleye, *Un monde nouveau en devenir. Des raisons d'espérer,* L'Harmattan, 2021
—, *Vers quel monde allons-nous ? Des raisons d'être inquiet,* L'Harmattan, 2022
D.H. Lawrence, *Nottingham et le pays minier,* L'Herne, 1988
Cy Lecerf Maulpoix, *Edward Carpenter & l'autre nature,* le passager clandestin, 2022
Jean-Marie Gustave Le Clézio, *Avers. Des nouvelles des indésirables,* Gallimard, 2023
Étienne Lécroart & Ivar Ekeland, *Urgence climatique. Il est encore temps !,* casterman, 2021
Marina Le Floch, *100 gestes écolos qui vont changer le monde et aussi ma vie,* Larousse, 2019
Catherine Le Gall, *L'Imposture océanique. Le pillage « écologique » des océans par les multinationales,* La Découverte, 2021

Nicolas Legendre, *Silence dans les champs,* Arthaud, 2023
Pierre Lehmann, *Vivre dans un monde fini,* Éditions d'en bas, 2015
Alice Lehoux & Natacha Ruiz, *Guide de la mode écoresponsable. Les clés pour mieux la comprendre et mieux la consommer,* Mango, 2020
Inès Leonarduzzi, *Réparer le futur. Du numérique à l'écologie,* L'Observatoire, 2022
Hervé Le Treut, *Climat et civilisation. Un défi incontournable,* Érès, 2022
Claude Lévi-Strauss, *Le Regard éloigné,* Plon, 1983
—, *Le Père Noël supplicié,* Seuil, 2016
—, *De Montaigne à Montaigne,* Éditions EHESS, 2016
—, *Regarder écouter lire,* Plon, 2019
—, *Tristes tropiques,* Terre Humaine – Plon, 2022
—, *La Pensée sauvage,* Pocket, 2022
Bérénice Levet, *L'Écologie ou l'ivresse de la table rase,* L'Observatoire, 2022
Jens Liljestrand, *Et la forêt brûlera sous nos pas,* Autrement, 2022
Björn Natthiko Lindelblad, *Le Moine de la forêt. Je peux me tromper et autres sagesses de ma vie de moine,* Ambre, 2021
Bjørn Lomborg, *L'écologiste sceptique. Le véritable état de la planète,* le cherche midi, 2004
Pierre Madelin, *La Terre, les corps, la mort. Essai sur la condition terrestre,* Éditions Dehors, 2022
Paul Magnette, *La Vie large, manifeste écosocialiste*, La Découverte, 2022
Janet Malcolm, *La Femme silencieuse. Sylvia Plath et Ted Hughes,* Éditions du sous-sol, 2023
Andrea Olga Mantovani et Baptiste Morizot, *S'enforester,* D'une rive à l'autre, 2022
Jean-Paul Mari, *Oublier la nuit,* Buchet-Chastel, 2022
Nastassja Martin, *À l'est des rêves. Réponses Even aux crises systémiques,* Les empêcheurs de penser en rond, 2022
Achille Mbembe, *La Communauté terrestre*, La Découverte, 2023
Dennis Meadows, Donella Meadows & Jorgen Randers, *Les Limites à la croissance (dans un monde fini),* l'écopoche, 2004
Jean Meckert, *Les Coups*, Folio, 2021
Lorenzo Mediano, *Du givre sur les épaules*, Zulma, 2023
Robert Merle, *L'Île*, Gallimard, 1962
Anna Milani, *Géographies de steppes et de lisières*, Cheyne, 2022
Christophe Mincke et Bertrand Montulet, *La Société sans répit. La mobilité comme injonction*, Éditions de la Sorbonne, 2018
Antoine Missemer, *Nicholas Georgescu-Roegen, pour une révolution bioéconomique*, ENS Éditions, 2017
Judith Moffett, *Tiny Tango*, le passager clandestin, 2022

ques Monod, *Dictionnaire humaniste et pacifiste*, Arthaud, 2017
hel de Montaigne, *Apologie de Raymond Sebond*, Arthaud, 2018
ffrey Morbois, *L'Influence du lobbying sur le processus décisionnel européen. La défense des intérêts au cœur de la politique européenne*, Éditions universitaires européennes, 2014
los Moreno, *Droit de cité. De la «ville-monde» à la «ville du quart d'heure»*, L'Observatoire, 2021
tiste Morizot, *Manières d'être vivant. Enquêtes sur la vie à travers nous*, Actes Sud, 2020
Raviver les braises du vivant. Un front commun, Actes Sud, 2020
othy Morton, *La Pensée écologique*, Zulma, 2021
m Nassib, *Le Tumulte*, Éditions de l'Olivier, 2022
Richard A. Oppenlander, *Comfortably Unaware. What we choose to eat is killing us and our planet*, Beaufort Books, 2011
Food Choice and Sustainability. Why Buying Local, Eating Less Meat, and Taking Baby Steps Won't Work, Langdon Street Press, 2013
mi Oreskes et Erik M. Conway, *Les Marchands de doute*, Le Pommier, 2021
field Osborn, *La Planète au pillage*, Babel, 2008
rge Oxley, *La Fleur au fusil. Nutrition, santé, climat : la science des plantes sauvages pour sauver l'homme*, Gallimard, 2018
nothée Parrique, *Ralentir ou périr. L'économie de la décroissance*, Seuil, 2022
ine Pelluchon, *Les Lumières à l'âge du vivant*, Seuil, 2022
gi Pirandello, *Six personnages en quête d'auteur*, Flammarion, 2009
via Plath, *Ariel*, Gallimard, 2022
Journaux : 1950-1962, Gallimard, 2022
hael Pollan, *The Omnivore's Dilemma. The search for a perfect meal in a fast-food world*, Bloomsbury, 2011
Pommier, *Hans Jonas et le Principe Responsabilité*, Puf, 2022
l Potter, *Green Is the New Red. An Insider's Account of a Social Movement Under Siege*, City Lights Books, 2011
ier Poux et Pierre-Marie Aubert, *Demain, une Europe agroécologique. Se nourrir sans pesticides, faire revivre la biodiversité*, Actes Sud, 2021
in Powers, *Yellow Birds*, Stock, 2014
hard Powers, *L'arbre-monde*, le cherche midi, 2022
n Cowper Powys, *L'art de résister au malheur*, La Baconnière, 2022
es Ravatn, *Le Tribunal des oiseaux*, Actes Sud, 2023
ée Reclus, *Histoire d'un ruisseau suivi de Histoire d'une montagne*, Arthaud, 2017
liam Rees et Mathis Wackernagel, *Notre empreinte écologique. Comment réduire les conséquences de l'activité humaine sur Terre*, Écosociétés, 2017

Éric Reinhardt, *L'Amour et les Forêts*, Gallimard, 2014
Lucie Rico, *GPS*, P.O.L, 2022
Dominique de Rotalier, *Sortir du réchauffement climatique – Préparer notre futur sans CO_2*, dauphin, 2022
Monica Sabolo, *La Vie clandestine*, Gallimard, 2022
Christian Salmon, *L'Art du silence*, Les liens qui libèrent, 2022
Madjouline Sbai, *Une mode éthique est-elle possible ?,* Rue de l'échiquier, 2018
Luc Semal, *Face à l'effondrement. Militer à l'ombre des catastrophes*, Puf, 2019
Stephanie Seneff, *Glyphosate Vérité alarmante & héritage toxique. Comment Monsanto/Bayer détruit irrémédiablement notre santé et empoisonne notre nature*, Résurgence, 2022
Pablo Servigne et Raphaël Stevens, *Comment tout peut s'effondrer. Petit manuel de collapsologie à l'usage des générations présentes*, Seuil, 2015
Pablo Servigne et Gauthier Chapelle, *L'entraide – L'autre loi de la jungle*, Les liens qui libèrent, 2018
Pablo Servigne, Raphaël Stevens et Gauthier Chapelle, *Une autre fin du monde est possible. Vivre l'effondrement (et pas seulement y survivre),* Seuil, 2018
Pablo Servigne & Raphaël Stevens, *Aux origines de la catastrophe. Pourquoi en sommes-nous arrivés là ?,* Les liens qui libèrent/Imagine demain, 2020
Pablo Servigne & Gauthier Chapelle, *L'effondrement (et après) expliqué à nos enfants… et à nos parents*, Seuil, 2022
Mary Shelley, *Frankenstein ou le Prométhée moderne,* GF Flammarion, 1979
Vandana Shiva, *Éthique et agro-industrie. Main basse sur la vie,* L'Harmattan, 2020
—, *Qui nourrit réellement l'humanité ?,* Babel, 2022
David Robinson Simon, *Meatonomic$,* Corani Press, 2013
Peter Sloterdijk, *Tu dois changer ta vie,* Pluriel, 2022
Gary Snyder, *Le Sens des lieux. Éthique, esthétique et bassins-versants,* Éditions Wildproject, 2019
Benjamin Sourice, *Plaidoyer pour un contre-lobbying citoyen,* Les Éditions Charles Léopold Mayer, 2014
Vanessa Springora, *Le Consentement,* Grasset, 2020
Amia Srinivasan, *Le Droit au sexe. Le féminisme au vingt-et-unième siècle,* Puf, 2022
Isabelle Stengers, *Au temps des catastrophes. Résister à la barbarie qui vient,* La Découverte, 2022
Adalbert Stifter, *Cristal de Roche. Pierres multicolores 1,* Cambourakis, 2020

—, *Tourmaline. Pierres multicolores 2,* Cambourakis, 2021
—, *L'Arrière-Saison,* Gallimard, 2021
William Styron, *La Marche de nuit,* Gallimard, 1963
—, *Cette paisible poussière,* Gallimard, 1985
—, *Face aux ténèbres. Chronique d'une folie,* Folio bilingue, 2000
—, *Un lit de ténèbres,* Gallimard, 2004
—, *La Proie des flammes. I,* Gallimard, 2021
—, *La Proie des flammes. II,* Gallimard, 2021
Mohammed Taleb, *Rabindranath Tagore & Le règne de la machine*, Le passager clandestin, 2021
Marcel Theroux, *Au nord du monde*, Zulma, 2023
Dana Thomas, *Fashionopolis. Le vrai prix de la mode et ce qui peut la sauver*, De Boeck Supérieur, 2020
Henry David Thoreau, *La Vie sans principe*, Mille et une nuits, 2015
—, *Walden ou la vie dans les bois*, Flammarion, 2015
—, *Journal*, Le mot et le reste, 2018
—, *De la désobéissance civile*, Mille et une nuits, 2022
—, *Sept jours sur le fleuve*, Folio, 2023
—, *De la marche*, Mille et une nuits, 2023
Greta Thunberg, *Le Grand Livre du climat*, Calmann-Lévy, 2022
Laurent Tillon, *Être un chêne*, Actes Sud, 2022
Camille de Toledo, *Thésée, sa vie nouvelle*, Points, 2021
—, *Le fleuve qui voulait écrire. Les auditions du parlement de Loire*, Les liens qui libèrent, 2021
—, *Une histoire du vertige*, Verdier, 2022
Hélène Tordjman, *La Croissance verte contre la nature – Critique de l'écologie marchande*, La Découverte, 2021
William Trevor, *En lisant Tourgueniev*, libretto, 2012
Anna L. Tsing, *Proliférations*, Wildproject, 2022
Will Tuttle, *The World Peace Diet – Eating for Spiritual Health and Social Harmony*, Lantern Books, 2016
Fred Vargas, *L'Humanité en péril. Virons de bord, toute !*, J'ai Lu, 2022
—, *Quelle chaleur allons-nous connaître ? Quelles solutions pour nous nourrir ?*, Flammarion, 2022
Paul Veyne, *René Char en ses poèmes*, Gallimard, 1990
—, *Les Grecs ont-ils cru à leurs mythes ?*, Seuil, 2014
—, *Palmyre. L'irremplaçable trésor*, Albin Michel, 2015
Emmanuelle Vibert, *Faire la fête sans détruire la planète*, Actes Sud/Kaizen, 2017
Philippe Vion-Dury, *La Nouvelle Servitude volontaire. Enquête sur le projet politique de la Silicon Valley*, FYP éditions, 2020
William T. Vollmann, *Pourquoi êtes-vous pauvres ?*, Babel, 2008
Lan Anh Vu Hong, *100 gestes pour réduire son empreinte carbone. Chez soi, au travail, sur le territoire*, FYP éditions, 2021

Mathis Wackernagel & Bert Beyers, *Empreinte écologique et biocapacité. Bien vivre avec une seule planète*, terre vivante, 2020

Albin Wagener, *Blablabla. En finir avec le bavardage climatique*, Le Robert, 2023

David Wallace-Wells, *La terre inhabitable. Vivre avec 4 °C de plus*, Arion/Robert Laffont, 2022

Paul Watson, *Earthforce. Manuel de l'éco-guerrier*, Actes Sud, 2015

Françoise Waquet, *Parler comme un livre. L'oralité et le savoir (XVIe-XXe siècle)*, Albin Michel, 2003

—, *Le latin ou l'empire d'un signe. XVIe-XXe siècle*, Albin Michel, 2003

Kate Wilhelm, *Demain, le silence*, Le passager clandestin, 2022

Edward O. Wilson, *La Diversité de la vie*, Odile Jacob, 1993

—, *Naturaliste*, Bartillat, 2000

—, *L'avenir de la vie*, Seuil, 2003

—, *Sauvons la biodiversité*, Dunod, 2007

Ed Winters, *This is Vegan Propaganda*, Vermilion, 2022

Carina Wohlleben, *Il n'est pas trop tard. La planète compte sur nous*, Guy Trédaniel, 2022

Edwin Zaccai, *Deux degrés. Les sociétés face au changement climatique*, Presses de Sciences Po, 2019

Bernardo Zannoni, *Mes désirs futiles*, La Table Ronde, 2022

Joëlle Zazk, *Quand la forêt brûle. Penser la nouvelle catastrophe écologique*, Premier Parallèle, 2019

Roger Zelazny, *Le temps d'un souffle, je m'attarde*, le passager clandestin, 2022

Pour en savoir plus
sur les Éditions Récamier
(catalogue, auteurs, vidéos, actualités…),
vous pouvez consulter
www.editions-recamier.fr
www.lisez.com

et nous suivre sur les réseaux sociaux

CET OUVRAGE A ÉTÉ ACHEVÉ D'IMPRIMER SUR ROTO-PAGE
PAR L'IMPRIMERIE FLOCH À MAYENNE EN JUILLET 2023

N° d'impression : 102863
Imprimé en France